Osez être trois

Dare to be Three

La Série Dare Ménage (The Dare Ménage Series)
Tome 3

Jeanne St. James

Traduction par
Literary Queens

Crédits :
Couverture: April Martinez
Traduction de l'anglais au français: Literary Queens

www.jeannestjames.com

Inscrivez-vous à ma lettre d'information pour recevoir des informations privilégiées, des nouvelles d'auteurs et des nouveautés: www.jeannestjames.com/newslettersignup

La Série Dare Ménage
The Dare Ménage Series

Chapitre Un

Sa peau était noire. Si sombre, que l'intense teint foncé lui rappelait une prune mûre. Elle ne se souvenait pas d'avoir déjà vu quelqu'un d'aussi noir. Pour cette raison, son regard ne cessait de dévier vers lui. C'était impoli de fixer quelqu'un, mais elle ne semblait pas pouvoir s'en empêcher. Elle n'arrivait pas à détacher ses yeux de lui.

Sa tête était lisse et bien formée. Il avait le type de carrure qui rendait un crâne chauve attrayant.

N'étant pas une grande fan de la pilosité faciale, Paige Reed ne l'appréciait guère chez les hommes. Cependant, le bouc de cet homme était bien taillé et encadrait parfaitement son visage. Un gros anneau en or pendait à son oreille gauche. Il portait un costume bien taillé. Il n'avait d'ailleurs probablement pas d'autre choix que se faire confectionner ses costumes ou, au moins, se les faire ajuster. Ses épaules étaient larges, ses cuisses épaisses.

Elle pensait que son beau-frère était bâti comme une bête, mais cet homme le battait. Il avait de quoi intimider quiconque croisait son chemin.

Mais ce n'était pas le cas de Paige.

Il la fascinait.

— Tu le trouves attirant, n'est-ce pas, chuchota son mari près de son oreille.

— Oui, répondit-elle, même s'il n'avait pas vraiment posé de question.

— Je ne suis pas sûr de savoir pourquoi tu m'as épousé alors, la taquina-t-il. Je suis vachement pâle.

Paige passa ses doigts dans les cheveux blond cendré de Connor, les ébouriffant un peu.

— Non, ce n'est pas vrai. Tu adores le soleil. C'était cet accent australien sexy qui a attiré mon attention.

— Ça t'a fait mouiller.

— C'est toujours le cas, rétorqua-t-elle en haussant une épaule et lui faisant un sourire.

— Mmmh, murmura Connor en chassant une mèche de cheveux de sa joue. Bon à savoir. Mais tu l'aimes bien.

— Il est *intéressant*.

— Il est noir, fit remarquer Connor.

— Oui.

— Son teint est incroyable. J'aime bien aussi.

— Est-ce que je devrais être jalouse ? lui demanda-t-elle.

— Et moi ? rétorqua Connor dont les yeux d'un bleu éclatant se plissèrent.

Paige rit en secouant la tête.

— On en a parlé. La jalousie n'est pas permise.

— Je me demande ce qu'il dirait, s'il savait de quoi l'on parle.

— Ou ce qu'on pense, ajouta-t-elle.

— Il prendrait sûrement les jambes à son cou.

— Je ne sais pas. J'espère que non, dit Paige en regardant l'homme qui parlait à son frère de l'autre côté de la pièce. Je ne l'ai jamais vu. Je me demande si les gars le connaissent bien.

— Ça pourrait être un ami de Quinn. Ou un ancien collègue à elle, suggéra Connor.

— Qui vient au quarantième anniversaire de Ty ? J'en doute.

— Il est peut-être de la famille de Ty.

— On doit *peut-être* arrêter de balancer des hypothèses et aller demander, suggéra Paige.

— Tu le désires.

Encore une fois, ce n'était pas une question. Plus un *t'es sûre ?*

— Et toi ? demanda-t-elle.

— J'aime ce que je vois. Mais je dois découvrir ce qu'il y a là-haut, ajouta-t-il en tapotant sa tempe.

Soudain, Tyson White se glissa entre eux et s'accroupit. Même si l'homme s'était retiré de la NFL quelques années plus tôt, il était toujours en pleine forme. Ses épaules étaient assez larges pour les frôler tous les deux.

Paige n'allait pas s'en plaindre. Connor et elle flirtaient toujours avec le petit ami de Logan, devenu son mari. Mais c'était toujours bon enfant. Ty adorait, et cela ne dérangeait ni Logan ni Quinn, leur femme et mère de leur enfant.

— Pourquoi vous fixez Gray comme un bout de viande ? demanda Ty en inclinant un sourcil vers Paige.

— C'était aussi évident ? demanda-t-elle, surprise.

— Euh, ouais. Dur à rater.

— Il est canon, répondit Paige en haussant les épaules.

Gray. Quel prénom intéressant. Sûrement un surnom. Elle se demandait de quel prénom c'était le diminutif.

Ty regarda une seconde derrière lui, en direction du sujet en question, puis se retourna vers Paige.

— Oui, c'est vrai.

— C'est qui ? demanda-t-elle. Ancien joueur ou toujours sur le terrain ?

— Retraité. En quelque sorte. Il a quitté la NFL après un problème médical invalidant.

— Comme quoi ?

— Du genre, je ne vais pas te révéler ses secrets. Tu le découvriras par toi-même. Quoi qu'il en soit, pourquoi vous êtes si curieux ? demanda Ty, sa suspicion omniprésente dans son ton.

Mmmh. L'homme était un mystère qu'elle devrait percer.

— Eh bien, commença Connor. Tu sais que ça fait des années que j'essaye de mettre un certain mec dans mon lit. Mais pour une raison qui m'échappe, il continue de résister.

— Je suis marié si jamais t'as oublié, répondit Ty en levant sa main gauche et pointant son majeur du doigt.

— Je n'ai pas oublié, gloussa Connor.

— Et j'ai un enfant, ajouta Ty dont le visage s'éclaira. Et un autre en route.

— Oh, bon sang ! Félicitations ! T'es sûr que Quinn veut que tout le monde le sache ? lui demanda Paige.

— Vous n'êtes pas n'importe qui. Vous faites partie de la famille. Mais restez discrets sur le sujet, c'est encore tôt.

Son beau-frère se remit debout et s'écarta de la table.

— Venez. Je vais vous présenter Graydon. Je ne le mettrai pas en garde sur les choses perverses que vous prévoyez sûrement tous les deux de lui faire.

— Oh, *je t'en prie*, rétorqua Paige en se levant et prenant le bras de Ty d'un côté, son mari de l'autre.

Ty les escorta alors vers le frère de Paige, Logan, en grande conversation avec cet homme mystérieux.

— Hé, beau gosse, salua Ty à l'attention de son mari. Est-ce que je devrais être jaloux que tu parles depuis une heure avec ce bel homme ?

Logan offrit sa main et Ty la prit. Logan attira alors l'homme sombre vers lui, son bras passant autour de sa taille.

Sombre, pensa Paige, mais pas aussi foncé que ce... *Graydon*. Elle aimait la sensation de ce prénom sur sa langue.

Ce n'était pas la seule chose qu'elle souhaiterait avoir sur sa langue.

Holà. Elle secoua la tête. Elle n'était généralement pas aussi dépravée. Il y avait un truc chez cet homme qui l'attirait, comme une mouche avec du miel.

— Salut, dit Paige en tendant la main. Je suis la sœur de Logan, Paige.

Graydon lui fit un petit sourire. Avec un rapide mouvement des yeux, il la toisa de haut en bas avant de serrer la main qu'elle lui proposait. Si cela ne lui avait pas filé la chair de poule...

Sa poigne était chaude et ferme, et sa main écrasait la sienne. Paige s'émerveilla devant le contraste de leurs peaux. Leurs mains serrées lui firent penser au symbole du yin et du yang. Opposées, mais complémentaires.

Connor éclaircit sa gorge.

Les flammes montant jusqu'à son visage, Paige relâcha la main de l'homme bien qu'il n'eut pas l'air pressé de rompre le contact.

— Gray, voici mon beau-frère, Connor Morgan, présenta Logan en bougeant la main vers celui-ci. Le pauvre bougre coincé avec Demi-Portion.

Paige jeta un regard noir à son grand frère. Il savait qu'elle détestait ce surnom.

— Demi-Portion.

Le surnom roula en douceur sur la langue de Graydon. Il parut peu enclin à détourner son attention d'elle pour serrer la main de Connor. La poignée de main fut rapide mais ferme.

— Graydon Ward, se présenta-t-il à Connor.

— Prénom intéressant, lui dit Connor.

— Accent intéressant, remarqua Graydon.

— Connor est australien, expliqua Ty.

— Et le mari de Demi-Portion, précisa Connor en pointant son pouce vers Paige.

— Tu sais que je déteste ce surnom ! protesta-t-elle en le tapant dans le bras.

— Eh bien, je ne peux pas lui dire les autres petits noms que j'ai pour toi, rétorqua Connor en souriant à Graydon et agitant les sourcils.

— Il a un faible pour les frères, prévint Ty à l'attention de Graydon.

— Oh ? s'étonna Graydon en levant les yeux vers Connor, ébahi.

— Ce n'est pas le seul, ajouta Ty en inclinant sa tête vers Paige.

— Je suis désolée. Je ne voulais pas te dévisager de façon si impolie, dit Paige en grimaçant au commentaire de Ty.

— OK ! Sur ces paroles coquines, on doit se mélanger aux autres, vieil homme, dit Logan en éloignant l'homme du jour.

— T'es plus vieux que moi, se plaignit Ty.

— Mais je parais plus jeune, rétorqua Logan alors qu'ils partaient.

Le regard de Paige se remit sur Graydon.

— Du coup...

— Ça ne te gêne pas que ta femme regarde d'autres hommes ?

C'était une question sérieuse, mais avec un soupçon d'amusement.

— Eh bien... songea Connor en faisant une moue une seconde. Ça dépend.

— De quoi ? demanda Graydon, encore une fois surpris.

— De qui elle regarde.

Graydon secoua la tête, manifestement confus.

— Tu n'es pas inquiet qu'elle s'intéresse à l'homme qu'elle regarde ?

— Oh, je sais qu'elle est intéressée par l'homme qu'elle regarde.

— Allô ! s'exclama Paige en agitant la main entre les deux. Je suis juste là. Bon Dieu !

— Je suis vraiment désolé, Paige, dit Graydon en baissant sa tête vers elle. C'était malpoli de notre part.

Elle cligna des yeux. Malpoli ? Tout comme quand elle l'avait dévisagé.

Maintenant qu'elle se trouvait à côté de lui, elle prit conscience de la taille de l'homme. Bien qu'elle *soit* petite, d'où le surnom Demi-Portion, elle devait lever les yeux pour regarder le mètre quatre-vingt-dix de Connor depuis son mètre soixante-dix. Ce Graydon, il devait faire un centimètre ou deux de plus que son mari et bien que Connor ne soit pas maigre, l'autre homme devait assurément faire quinze kilos de plus que lui, devinait Paige. Ses mains étaient grandes, ses doigts longs. Pratiques, bien sûr, pour attraper un ballon de football. Elle se demandait quel âge il avait et depuis quand il avait arrêté de jouer.

— Comment tu connais Ty ?

— On a joué ensemble à la fac.

— Ah. Et t'as continué chez les pros ?

— Oui, j'ai été assez chanceux pour être sélectionné.

— T'es retraité ?

— Oui, depuis un moment, répondit Graydon après avoir hésité quelques secondes.

Entendu. Elle ne voulait pas continuer de le bombarder de questions. Elle voulait assurément apprendre à mieux le connaître, mais elle ne voulait pas lui donner l'impression de l'interroger.

Oh ! Mais elle avait tant de questions sur le bout de la langue.

Qu'est-ce que tu fais pour vivre maintenant ? Quel âge as-tu ? Est-ce que tu vis par ici ? Est-ce que t'aimerais baiser avec mon mari et moi ?

Cette dernière était peut-être un peu trop directe. Elle ne voulait évidemment pas l'effrayer. Elle qui pensait qu'elle se serait ennuyée aux quarante ans de Ty. Jusqu'à ce qu'elle repère cet homme. Elle réalisa soudain qu'elle le dévisageait encore et son visage rougit.

— J'ai besoin d'un verre. Quelqu'un d'autre ?

— Je vais te le chercher, ma chérie, dit Connor en posant une main sur son épaule. Qu'est-ce que tu veux ?

— Un truc alcoolisé. Surprends-moi.

Connor connaissait bien ses goûts, alors elle n'était pas inquiète qu'il revienne avec un verre qu'elle n'aimait pas. *Attendez.* Était-elle déjà tombée sur une boisson qu'elle n'aimait pas ? *Oh, ouais. Un gin-tonic. Beurk.*

— Un truc, Graydon ?

— Un gin-tonic, s'il te plaît. Merci, répondit-il en faisant un grand sourire à Connor.

Paige pouvait jurer qu'il éclairait toute la pièce. Évidemment qu'il allait choisir une boisson qu'elle détestait. Mais elle ne le jugerait pas sur ce point. Enfin, pas beaucoup.

— Je reviens rapidement, dit son mari en embrassant sa joue, puis se dirigeant vers le bar de fortune dans le coin de la grande pièce.

Les yeux de Paige ne quittèrent pas Graydon quand son mari lui fit un baiser, et les siens ne la quittèrent jamais non plus. Jusqu'à ce que ses tétons pointent sous le fin tissu de sa robe. À ce moment-là, son regard tomba, mais revint rapidement à son visage.

— Je ne sais pas comment tu fais pour boire cette merde.

— Faut apprendre à l'apprécier, répondit-il en scrutant son visage.

Paige essaya de ne pas se tortiller alors qu'il promenait son regard du haut de sa tête à son menton, puis plus haut, pour se poser sur ses lèvres. Elle les lécha inconsciemment, puis tira sur sa lèvre inférieure avec ses dents.

— Je ne pense pas qu'une boisson vaille le coup d'être bue si l'on doit apprendre à l'apprécier. Il y a bien d'autres choix.

Il fixa sa bouche pendant qu'elle parlait. Elle lutta alors contre l'envie de fouiller dans sa pochette pour réappliquer son gloss.

— Avoir le choix est formidable, mais parfois, on veut un truc spécifique. Alors, t'y travailles pour l'obtenir.

— On parle toujours de boisson, n'est-ce pas ? demanda-t-elle.

Il leva enfin les yeux pour croiser les siens avec une lueur de surprise, puis un soupçon de lucidité brilla au fond de son regard. Comme s'il s'était secoué mentalement, sortant d'une sorte de brouillard.

Elle espérait que cela signifiait qu'elle l'attirait.

Soudain, il se pencha vers elle, et elle se figea. Il tendit la main et enleva avec son pouce quelque chose du visage de Paige.

Elle le scruta d'un air curieux.

— Un cil, précisa-t-il en levant son pouce. Fais un vœu.

Paige savait précisément ce qu'elle souhaiterait. Elle pinça les lèvres et souffla en douceur, le cil tournoyant en direction du sol.

— Je te souhaite que ton vœu se réalise, murmura-t-il, ne rompant pas leur contact visuel.

— Moi aussi.

Il ne savait pas que son vœu *le* concernait.

Les secondes passèrent, et aucun d'eux ne cligna des yeux.

Ses pupilles ressemblaient à de profonds puits marron. Dangereux si vous y plongiez. Ses épais cils étaient sûrement enviés par certaines femmes. Ses lèvres étaient foncées et pulpeuses, rougeâtres au centre, comme s'il avait sucé une cerise. Ces délicieuses lèvres se séparèrent...

Paige attendit que les mots sortent et jaillissent sur elle. Elle sentait, non elle savait qu'il allait dire quelque chose d'intrigant.

— Désolé, il y avait la queue au bar, dit Connor en s'approchant et lui tendant un grand verre rempli d'un liquide rouge rosâtre, un marasquin à la cerise avec une petite paille en plastique.

Il tendit un petit verre à Graydon, rempli de glace, d'une tranche de citron, d'une touillette et du mélange toxique qui incita Paige à plisser le nez.

Graydon fit un signe de tête à Connor en remerciement.

C'était vraiment un gentleman. Mais elle pariait qu'il savait ne pas être trop délicat aux bons moments. Elle dissimula son soupir en sirotant son verre. Elle ignorait quelle était cette préparation, mais le goût était fruité et coula onctueusement dans sa gorge.

Connor leva sa bouteille de bière et prit une lampée. Une bière d'une microbrasserie locale. Pas de pisse pour lui, comme Paige avait l'habitude de qualifier la bière normale.

— Alors, qu'est-ce que tu fais comme métier, Connor ? demanda Graydon après avoir pressé sa tranche de citron et touillé sa boisson.

Connor glissa un bras autour de la taille de Paige et la serra légèrement. Les yeux de Graydon suivirent ce geste et ne se relevèrent pas avant que Connor réponde.

— Je suis ingénieur en génie civil.

Graydon considéra sa réponse.

— En génie civil. Comme pour les ponts ?

— Oui, comme pour les ponts, confirma Connor en haussant légèrement les épaules. Mais je me consacre surtout aux complexes sportifs. Comme les stades, les arènes, et que sais-je. Tout ce qui est en rapport avec le sport.

— Des stades de football ? demanda Graydon en levant ses sourcils.

— Oui, certains, répondit Connor en hochant la tête.

— Ça semble être une carrière intéressante.

— En effet. Mais je dois beaucoup voyager.

— C'est comme ça que t'as rencontré ta magnifique femme ?

Magnifique. *Hum.* Paige ne se considérait pas comme magnifique. C'était une description habituellement utilisée pour des blondes aux longues jambes qui défilaient sur des podiums. Mignonne, peut-être. Elle était petite avec de longs cheveux châtains. Ajoutez-y des taches de rousseur, ce qui n'était pas logique avec son teint. Toute sa famille avait été étonnée par ce point. La fille du facteur, l'avait toujours taquiné Logan, ce qui avait contrarié leur mère célibataire.

Mais elle s'était souvent interrogée à ce sujet. Surtout quand Logan faisait trente centimètres de plus qu'elle et n'avait aucune tache de rousseur.

— Oui, répondit Connor en jetant un œil vers elle. On s'est effectivement rencontrés dans un stade de football. Elle était avec son frère quand il refaisait la pelouse du terrain.

Paige se souvenait de cette journée. L'entreprise de Logan décollait. Puisqu'elle l'avait aidé avec les comptes de la société, il lui avait proposé de l'accompagner parce qu'il n'avait pas d'employé à ce moment-là. Les journées avaient été longues pour poser le gazon. À la tombée de la nuit, ils étaient tous les deux sales et épuisés. Elle était contente de ne plus aider sur la partie physique de l'entreprise.

Puis, elle se rappela qu'elle n'aurait jamais rencontré l'incroyable Australien sexy, qui était actuellement collé à elle, si elle n'y était pas allée. Le reste était de l'histoire ancienne. Connor bouleversa sa vie pour déménager aux États-Unis, adoptant la ville natale de Paige. Ils s'étaient mariés quelques années plus tôt.

Maintenant, avec Quinn qui s'occupait des comptes et Ty en associé, l'entreprise de Logan était prospère. Paige faisait ce dont les gars avaient besoin, soit à la ferme de pelouse, au bureau ou en mission. Un genre d'employée de bureau/chef de projet avec un bon salaire et des avantages. S'ils avaient besoin de café, elle allait chercher du café. S'ils avaient besoin d'elle sur place pour superviser les employés dans le cadre de la pose d'une pelouse, elle s'y rendait. Le boulot n'était jamais monotone. Les gars et Quinn comptaient sur elle. Parfois, juste pour garder leur fils Preston.

— Le meilleur jour de ma vie, déclara Connor en la serrant une nouvelle fois.

— Oui, t'es assurément un mec chanceux, dit doucement Graydon, les mots dévalant sa langue comme du sirop.

— Tu pourrais l'être aussi.

Paige donna un coup de coude à son mari. *Trop tôt.*

— Qu'est-ce que tu veux dire ? demanda Graydon en inclinant la tête et scrutant Connor.

— Quand tu rencontreras la fille de tes rêves, se rattrapa Connor en bafouillant. Enfin, si tu n'es pas marié, ajouta-t-il. Je ne devrais pas faire de supposition.

— Je préfère les femmes aux filles. Et non, je ne suis pas marié.

Le regard de Paige dévia vers sa main gauche. Le seul anneau que portait cet homme était celui à son oreille.

— Oui, une femme, murmura Connor. Une qui sait ce qu'elle veut, quand elle le veut et sait comment l'obtenir.

Il remonta son bras gauche au niveau de ses épaules.

Encore une fois, Graydon suivit le mouvement jusqu'à poser son regard sur les lèvres de Paige.

— Et toi, Paige ?

Et moi, quoi ? Oh.

— J'aide Logan et Ty.

— Je suis sûr que ça t'occupe bien. Leur entreprise est performante.

— En effet. Qui pensait que faire pousser de la pelouse était si rentable ?

— Je devrais venir visiter la ferme un de ces jours, dit-il en se fendant d'un petit sourire.

Paige tempéra l'envie de se frotter les mains par anticipation.

Entreras-tu dans mon antre ? dit l'Araignée à la Mouche.

— Oui, avec plaisir. Préviens-moi et je pourrai t'accompagner personnellement.

Graydon pencha la tête poliment.

— Elle est dingue derrière le volant de l'UTV. Alors, je t'avertis dès maintenant...

— L'UTV ? demanda Graydon d'un air perdu.

— Comme un buggy, mais à usage agricole, expliqua Paige. Mais ne l'écoute pas. J'ai un bon dossier de conduite.

Le chemin vers mon antre est l'escalier en colimaçon.

— Tu n'auras aucun problème entre mes mains.

Et j'ai plein de choses intéressantes à te montrer quand t'y seras.

— J'en suis sûr, murmura Graydon.

Oh, non, non, dit la petite Mouche. Me le demander est inutile, car tous ceux qui montent tes escaliers en colimaçon ne redescendent jamais.

— Pourquoi je ne te donne pas mon numéro ? Tu pourras m'envoyer un message quand tu voudras passer.

Le sourire de Graydon apparut, puis disparut aussitôt. Elle l'aurait raté en clignant des yeux.

— Seulement si ça ne dérange pas ton mari.

— Ça ne gêne pas Connor, n'est-ce pas mon chéri ? demanda-t-elle à son mari, sans même vraiment le regarder.

— Non, pas du tout.

Graydon fouilla dans une poche intérieure de sa veste de costume, à la recherche de son portable. Quelques secondes plus tard, il était prêt. Paige n'hésita pas à lui révéler son numéro.

— Morgan ?

Elle secoua la tête.

— Reed. Je n'ai pas changé de nom.

Encore une fois, il haussa un sourcil. Paige pensa que c'était peut-être une de ces expressions caractéristiques.

Il remit son téléphone dans sa veste et sortit une carte de visite.

— Pour que tu saches qui appelle.

Paige tenta de l'arracher de ses doigts, mais il résista juste assez pour que sa main entre en contact avec la sienne. L'effleurement de leurs doigts lui coupa le souffle et l'excitation irradia dans son centre.

Mince. Si c'était sa réaction pour un léger contact, elle était incapable d'imaginer ce que ce serait avec quelque chose de plus notable. Mais elle ne voulait pas imaginer, elle souhaitait le savoir. Elle laissa tomber sa main, la carte oubliée entre ses doigts.

Connor plaça sa main gauche dans le creux de son dos et tendit sa main droite à Graydon.

— Excuse-nous, on doit aller voir Quinn. Je ne veux pas qu'elle pense qu'on l'ignore ce soir.

L'autre homme serra la main de Connor, puis se tourna vers Paige. Il baissa la tête.

— Ravi de vous avoir rencontrés. J'ai hâte de faire cette visite.

— Ravie aussi de t'avoir - *fixé* - rencontré. J'espère que ce sera bientôt.

Avec ces paroles, Connor éloigna Paige des oreilles de Graydon.

— Qu'est-ce que t'en penses ? lui demanda Connor, contenant à peine son excitation. Il est intelligent, sait s'exprimer et est super canon.

— Oh, c'est un grand oui. Mais je n'ai rien ressenti de sa part, excepté qu'il est hétéro.

— Ouais, il était dur à lire, à part son approbation te concernant. Tu l'attirais clairement. Je pense que je devrais être jaloux.

Paige cogna son épaule dans la sienne alors qu'ils avançaient.

— Arrête. Si tu dois établir des règles, vas-y. Si je le vois et que tu ne veux pas que je couche avec lui sans toi, alors je suis d'accord. Je ne veux pas que tu te sentes exclu, mon chéri.

— On en discutera. On doit découvrir s'il a un penchant pour les hommes. Sinon, ça met le plan à la poubelle.

— Le plan ? On a un plan maintenant ?

— T'avais un plan à la seconde où t'as posé les yeux sur lui, que t'en sois ou pas consciente.

Paige fit une moue songeuse.

— Oui, tu as raison. Dès que je l'ai vu, je savais que je le désirais.

— Tu vois ?

— Mais je veux essayer d'apprendre à le connaître s'il vient à la ferme. Et j'ai ça.

Elle leva la carte de visite pour la lire.

— Tu peux toujours le convier à un déjeuner d'affaires ou un café.

— Je vais avoir besoin d'une autre excuse que « ma femme et moi voulons te mettre dans notre lit ».

Paige pouffa.

— On ne sait jamais. Il aime peut-être les trucs directs.

— Ouais, du genre il veut t'emmener directement dans son lit. Il est aussi fasciné par toi.

— Eh bien, c'est un bon début.

Connor continua jusqu'aux baies vitrées qui menaient sur un patio sombre. Dehors, la brise était fraîche, et Paige frissonna.

Connor retira la veste de son costume et l'enveloppa dedans, l'attirant dans ses bras.

— Alors, qu'est-ce que dit sa carte ?

— Fais trop sombre pour la lire, dit-elle en levant la carte froissée.

Connor leva un doigt pour lui indiquer d'attendre un instant et sortit son téléphone. En appuyant sur l'écran, la carte fut éclairée.

Paige essaya de la lisser un peu et la regarda de plus près.

— Graydon C. Ward, Directeur du recrutement universitaire, Boston Bulldogs.

Chapitre Deux

Paige ne fut pas surprise quand elle reçut le message de Graydon, deux jours plus tard. Elle n'avait pas cessé de penser à lui depuis l'anniversaire de Ty. Connor et elle avaient parlé de ce qu'ils feraient s'il ne la contactait pas dans les semaines qui suivaient. Ou plus important, ce qu'elle ferait s'il le faisait.

Quand son téléphone vibra, elle lut le message et le transmit immédiatement à son mari avec des doigts tremblants. Son cœur avait palpité frénétiquement jusqu'à l'appel de Connor, à peine une minute plus tard.

Dire qu'ils étaient excités était peu dire.

Alors qu'elle attendait devant une des annexes de la ferme, les bureaux officiels de *LGR Sod, Inc.*, elle essayait de calmer son anxiété. Ce qui était un peu dur à faire puisque son ventre faisait des bonds, comme si elle sautait sur un trampoline.

Elle ne voulait même pas l'attendre dans son bureau, alors elle avait pris un UTV et l'avait garé devant pour attendre. Elle faisait les cent pas à côté et regarda sa montre au moins une douzaine de fois. Il ne semblait pas du genre à être en retard. Jamais.

Elle leva les yeux quand elle entendit des pneus crisser sur l'allée en gravier. Elle s'avança rapidement vers l'UTV et s'appuya dessus, prétendant être décontractée. Il avait cinq minutes d'avance. Ouais, exactement ce qu'elle avait pensé. Il ne devait probablement jamais être en retard.

Une BMW X6 noire avec les vitres teintées s'approcha d'elle, soulevant de la poussière dans son sillage. Il la ferait sûrement nettoyer d'ici la fin de la journée, car elle ne pouvait pas l'imaginer conduire une voiture avec une couche de poussière dessus. Surtout sur ce magnifique véhicule. Il correspondait bien au peu qu'elle savait sur lui. Paige soupira. Elle ne le désirait pas seulement lui, mais elle voulait également sa voiture maintenant. Elle gloussa à ces pensées ridicules, mais cela l'aida à se détendre légèrement.

Elle appréciait les voitures presque autant que les hommes. Des voitures puissantes, bien conçues et canon. Des hommes puissants, bien bâtis et bandants. Les deux étaient irrésistibles.

Graydon s'arrêta à côté d'elle, parallèle au UTV. Il descendit la fenêtre du côté conducteur.

Subitement, elle eut le souffle coupé quand il apparut.

— Salut.

— Salut.

Agis normalement, Paige. Ne te précipite pas sur le véhicule pour ouvrir la porte et le plaquer au sol, l'enfourcher et le déshabiller. Inspire profondément.

— Tu veux que je me gare quelque part en particulier ?

Ouais, j'ai besoin que tu stationnes ton corps sur le mien.

— Non, juste... n'importe où, répondit-elle en secouant la tête.

Avec un petit sourire, il pencha la tête et remonta sa fenêtre, avant de se garer sur le côté du bâtiment.

Paige se décala pour le voir s'extirper de la BMW. L'homme était juste *immense*. Grand, robuste, et... *Oh putain...* les muscles qu'il avait... Paige tâtonna aveuglément son buggy pour éviter de tomber à genoux.

Il portait un Odlo à manches longues d'une couleur bleu marine qui lui faisait une seconde peau. Il n'était pas nécessaire de deviner comment était bâti cet homme. Le tissu enlaçait toutes les courbes de ses bras et de son torse. Il devait passer des heures dans la salle de sport. Bien que lisse et propre, son jean était usé et semblait aussi moelleux que du beurre à température ambiante. Agréable au toucher. Ses cuisses semblaient épaisses. Elle fut d'ailleurs étonnée que les coutures du pantalon n'aient pas encore craqué. Il ne jouait peut-être plus dans la NFL, mais il donnait toujours l'impression de s'y entraîner. Des squats et des sprints. C'était de cette façon que vous obteniez des cuisses aussi musclées.

Elle remarqua ses bottes alors qu'il se rapprochait et sa respiration sembla devenir superficielle.

Quand il se tint assez près d'elle, il mit un doigt sous le menton de Paige et ferma sa bouche.

Celle-ci déglutit et leva les yeux vers l'homme qui la dominait.

— Comment ça va ? lui demanda-t-il avec un sourire amusé.

— Tttrès bien.

Paige se maudit. Elle agissait comme une idiote en chaleur.

— Je ne te ferai pas de mal, dit-il en arquant un sourcil.

Quoi ? Paige secoua la tête, troublée. Avait-il cru que sa réaction était de la peur, et pas qu'elle mouillait sa culotte ?

— Si jamais tu t'inquiètes parce qu'on est seuls, expliqua-t-il.

Inquiète ? C'était lui qui devrait s'inquiéter d'elle, si seulement il savait les pensées qui déferlaient dans sa tête. Elle finit par se secouer de sa stupeur et rit, le son tintant s'élevant autour d'eux.

— Merci de me rassurer, mais je ne m'inquiétais pas.

— Certaines femmes ont peur des noirs, dit-il d'un ton neutre, examinant son visage avec attention, plissant les yeux.

Elle fronça les sourcils.

— Pourquoi ?

Ce devait être le truc le plus stupide qu'elle ait entendu. OK, peut-être pas le *plus* stupide, mais c'en était proche.

— Dis-le-moi. T'es une blanche.

Il était sérieux ? Était-ce une sorte de test ?

— Je ne crains pas les hommes en fonction de leur couleur de peau. C'est ridicule.

— C'est peut-être un truc inculqué depuis toujours. Transmis de génération en génération dans certaines familles.

Bien que ce soit assurément un sujet sérieux, il tentait de le rendre plus léger.

Cela convenait à Paige puisque ce n'était pas de cette manière qu'elle avait prévu de commencer leur temps ensemble.

— Ça remonte à l'époque des ramasseurs de coton, plaisanta-t-elle, sans enthousiasme.

— Peut-être.

— Eh bien, si un homme est effrayant, je ne regarde pas sa couleur. J'ai été acculée de nombreuses fois quand j'étais plus jeune, craignant d'être agressée sexuellement ou pire. Et tu sais quoi ? C'était tous des hommes blancs. Non, pas des hommes. Des garçons. À penser qu'ils pouvaient faire ce qu'ils voulaient de moi. Comme si j'étais un bout de viande.

Que je n'étais pas humaine, mais que j'étais plutôt un truc à utiliser à leur convenance, pour leur plaisir.

— Je suis désolé.

— Tu n'as aucune raison de l'être, répondit Paige en le regardant attentivement. À moins que t'aies fait la même chose. C'est inexcusable. J'aimerais que les parents apprennent à leurs fils à respecter les femmes.

— Il y a de nombreux hommes qui respectent les femmes.

— Beaucoup ne veut pas dire *tous*. Il y a une différence.

— Compris, dit-il, avec un mouvement sec de la tête.

Puis, avec tout ce qu'ils avaient dit, ils restèrent là, s'observant avec prudence. Eh bien, cette conversation avait refroidi son désir ardent. Maintenant, elle n'était plus qu'à petit feu. *Merde.*

— Je suis désolé, Paige. J'apprécie ta proposition de me montrer la pelouse. C'est un domaine très intéressant.

Paige renversa sa tête en arrière et rit. Il avait un sens de l'humour peu caustique. Elle aimait ça.

Il fit une moue, mais ne parvint pas à cacher son sourire. Ses yeux le trahissaient.

— Eh bien, allons-y. Je vais conduire.

— Quelqu'un m'a mis en garde contre ta conduite, dit-il en montant du côté passager du véhicule utilitaire.

— Je n'ai encore tué personne, répliqua-t-elle avec de la fierté dans sa voix.

— Ça me paraît rassurant, répondit-il en regardant autour du siège. Est-ce que ce véhicule a des ceintures ?

— Nan. Accroche-toi.

Elle tapota le tube en métal noir qui soutenait le toit de l'engin pour lui montrer où s'agripper.

— C'est parti. Tu vas avoir la visite de premier choix de *LGR Sod, Inc. Là où l'herbe est toujours plus verte.*

Graydon gloussa.

Le son ondula sur la colonne vertébrale de Paige, et ses tétons se durcirent.

— Non, sérieusement... C'est le slogan.

Elle décida de conduire raisonnablement au lieu de la vitesse normale qu'elle prenait, comme si elle était dans une course de la NASCAR. Elle ne voulait pas lui faire peur et lui donner une raison d'écourter sa visite. Alors qu'ils s'éloignaient du bâtiment, elle resta sur le chemin battu qui traversait les champs de gazon.

Elle jeta un coup d'œil vers lui. Il avait un profil marqué, son anneau en or étincelant sous la lumière matinale, son crâne fraîchement rasé parfaitement lisse, son bouc taillé court et soigné. Elle voulait tester le piquant de ses poils courts.

— Alors, M. Graydon C. Ward, Directeur du recrutement universitaire chez les Boston Bulldogs, parle-moi de toi.

Son regard resta intense alors qu'il la scrutait.

Elle supposait que ce revirement était juste.

— Je préférerais qu'on parle de toi.

Sa voix dégoulina comme de la mélasse chaude. Fluide, au goût intense, mais pas douce. Elle incitait à mordre à l'hameçon.

— Je suis inintéressante.

Elle ne souhaitait pas parler d'elle. Elle voulait l'entendre parler jusqu'à ce que cette voix la recouvre et qu'elle se retrouve humide et collante.

— J'en doute fort. Qu'est-ce que tu veux savoir ?

N'importe quoi. Tout.

— Qu'est-ce que t'es prêt à me révéler ?

— Qu'en dis-tu de répondre aussi à toutes les questions que tu me poses ? proposa-t-il.

Paige se dit que ça pouvait devenir intéressant et elle était prête à jouer.

— OK. Commençons simplement. Quel âge t'as ?

Elle longea les bords des champs de pelouse, se dirigeant vers le plus éloigné de la ferme. Celui qui était loin, *très* loin de la maison et des bureaux. Elle décida de faire un long détour pour y parvenir.

— Trente-huit.

Le regard de Paige se leva vers lui, puis retourna sur la route poussiéreuse. Il n'avait définitivement pas l'air d'avoir trente-huit ans.

— Quoi ? J'ai l'air d'avoir plus ? demanda-t-il, un soupçon d'humour dans sa voix.

— Est-ce que tu vas à la pêche aux compliments ? lui rétorqua Paige en arquant son sourcil.

Le rire de Graydon l'enveloppa, la réchauffant alors qu'elle conduisait le véhicule sans fenêtre. Vêtue d'une manière similaire, elle portait aussi un t-shirt à manches longues et un jean. Cependant, la température était un peu fraîche pour une journée de début de printemps.

— Et Connor et toi ?

— J'ai eu trente ans il y a quelques mois, et Connor vient d'avoir trente-quatre ans. Qu'est-ce qui t'a fait arrêter le football ?

Il hésita.

— Je n'ai pas arrêté. J'ai été obligé de prendre ma retraite. Je ne vais pas répondre à celle-ci, étant donné que tu ne peux pas répondre à une question équivalente.

Paige inclina sa tête par respect. Au moins, elle décrochait un morceau supplémentaire de son puzzle. Il avait pris sa retraite, car il y avait été forcé. Et il ne voulait pas en parler. Pour le moment. Elle devrait peut-être effectuer des recherches sur sa carrière de football.

— OK, c'est juste. Combien de frères et sœurs t'as ?

— Trois.

Elle lui jeta un coup d'œil.

— Frères ? Sœurs ? Quelle est ta place dans cette fratrie ?

— Je suis le plus vieux. J'ai deux sœurs et un frère. Et toi ? D'autres frères ou sœurs en plus de Logan ?

— Logan est largement suffisant, merci bien, pouffa Paige. Et je suis la plus *jeune*.

— Je connaissais déjà cette réponse, rit Graydon. Alors, j'ai une question bonus.

— Très bien, dit-elle en haussant les épaules.

— Pourquoi je t'intéresse ?

Paige agrippa le volant un peu plus fort. En trente secondes, ils atteignirent enfin le bout de la propriété. Elle arrêta l'UTV le long d'une rangée d'érables accolés au champ. Elle coupa le moteur et prit quelques bouffées relaxantes avant de se tourner sur son siège pour lui faire face.

Quand elle croisa son regard, elle fut engloutie par la lueur sérieuse dans ses yeux. Elle attrapa sa lèvre inférieure entre ses dents.

Graydon tendit la main et tira sur sa lèvre, passant son pouce dessus avant de le retirer.

Ce léger contact la foudroya.

— Tu n'as pas répondu à la question, insista-t-il.

— Je ne sais pas. Je ne suis pas sûre du pourquoi. Je t'ai vu et quelque chose m'a attirée. Je ne peux pas l'expliquer.

Il fit un léger hochement de tête, comme s'il comprenait. Il avait peut-être ressenti la même attraction immédiate envers eux.

— Ton mari semblait aimer regarder notre interaction l'autre soir.

— Oui, c'est vrai, confirma Paige en haussant les épaules de manière nonchalante.

— Est-ce un voyeur ?

Paige rit doucement.

— Non, c'est un participant actif.

— Mais il est hétérosexuel ?

Certains partenaires masculins aimaient observer leurs partenaires féminins coucher avec d'autres hommes. Connor disait que ça ne l'ennuierait pas de regarder, mais ce n'était pas son objectif. Il adorait autant le sexe, l'intimité et la connexion physique que Paige.

— Mmmh.

Paige prit une bouffée. C'était inutile de tourner autour du pot. Elle l'avait conduit au milieu d'un champ, à deux kilomètres au moins de sa voiture. Il ne pouvait s'échapper nulle part. C'était presque la configuration parfaite pour lui exposer leurs désirs.

— Tu n'as pas remarqué la façon dont il te regardait ?

— J'ai remarqué. Je ne savais pas vraiment quoi en penser, répondit-il doucement.

Au moins, il n'avait pas filé à travers champs en criant. Pour l'instant.

— Est-ce que ça te dérangeait ? demanda-t-elle prudemment.

— Est-ce que ça le devrait ?

Il était difficile à déchiffrer. Elle ne réussissait pas à dire si l'idée lui déplaisait, ou s'il était curieux.

— Tu réponds à une question par une autre question.

— Et toi, tu n'es pas franche avec moi, rétorqua-t-il d'un ton ferme.

Elle se sentit un peu réprimandée. Manifestement, c'était un homme qui n'aimait pas les jeux.

— Désolée. C'est délicat.

Graydon repoussa une mèche de ses cheveux qui s'était collée sur sa joue.

— Ça n'a pas à l'être. Crache juste le morceau.

Encore une fois, son corps réagit à ce geste simple.

— Connor est bicurieux. Il a un faible pour Ty depuis qu'ils se sont rencontrés. Si Logan n'envisageait pas de tuer Connor et l'enterrer dans un de ces champs, Ty aurait été son premier. Logan est très possessif envers Ty. Quinn aussi, bien sûr.

— C'est prévisible.

— Parfois, c'est un peu exagéré, dit Paige en haussant les épaules.

— Les hommes veulent protéger ce qui est à eux.

Pas tous les hommes. Et les hommes n'étaient pas les seuls. Il y avait de nombreuses femmes possessives. À un point grave.

— Du moment que ça ne devient pas étouffant.

Il ne sembla ni approuver ni la contredire, ce qui l'amena à s'interroger sur sa possessivité.

— Alors, revenons à ton mari.

C'est vrai.

— Même si Connor est curieux et attiré par les hommes, il n'a jamais eu l'occasion de rencontrer le bon.

Les yeux de Graydon s'écarquillèrent et il se remit dans son siège.

— Est-ce que t'es en train de dire que je suis le bon ?

— Je ne sais pas. L'es-tu ?

Il la scruta et se tut alors qu'il étudiait son visage. Paige resta immobile, essayant de ne pas révéler son souhait désespéré qu'il *soit* le bon.

— Qu'est-ce qui t'a fait croire que je serais même vaguement intéressé par les hommes sexuellement ? Ou même par un plan à trois ?

Paige eut une boule au ventre.

— En plus, tu ne parles visiblement pas d'un ménage à

trois avec deux femmes, continua-t-il avant même qu'elle puisse répondre.

— Non.

— Tu penses vraiment que je suis là aujourd'hui pour visiter quelques champs de pelouse ? demanda-t-il en arquant les sourcils.

Personne de sain d'esprit ne voudrait contempler du gazon.

— Non.

— Pourquoi tu irais croire que je suis gai alors que ma visite était une excuse pour te revoir ? ajouta-t-il en tendant la main.

Il fit dériver ses doigts le long de sa mâchoire, jusqu'à les enfouir dans ses cheveux.

Sa paume était chaude contre le côté de son visage.

— Pas gai, murmura-t-elle.

— Clairement pas gai. J'ai un vif intérêt pour la femme devant moi.

Il se pencha vers elle, tout en l'approchant de lui. Il maintint ses lèvres près des siennes, un minuscule espace entre eux.

— Alors, est-ce que c'est un tout ? Je ne peux t'avoir que si je prends aussi Connor ?

Elle voulut dire non, car en cet instant elle ne désirait rien de plus que lui. Il l'envoûtait, la mettait dans une sorte de transe physique quand il s'approchait d'elle. Ses yeux maintinrent un contact visuel constant, sa voix grave, son souffle chaud sur ses lèvres. Elle souhaitait qu'il comble l'écart. Pourtant, la vraie réponse à sa question était oui. Peu importe à quel point elle désirait cet homme, elle ne pourrait jamais oublier Connor. Ne le ferait jamais. Elle souffla la bouffée qu'elle retenait.

— T'en veux un, tu prends les deux. Pas de compromis.

— Je vois, dit-il en la relâchant et se remettant dans son siège, mettant un peu de distance entre eux. Est-ce que vous avez déjà fait ce genre de chose avec quelqu'un d'autre ?

— Non.

— Est-ce que c'était une décision impulsive ?

— Non. On en parle depuis un moment maintenant. On voit ce que Ty, Logan et Quinn ont. Et ce que Ren, Ève et Cole ont désormais. Tu les connais ?

— Oui, je connais bien Renny et Cole. J'ai rencontré Ève qu'une fois. Ils ont une belle alchimie.

— Alors, tu sais ce qu'on recherche.

— Pas vraiment, répondit-il en fronçant les sourcils. Tu parles d'une relation sérieuse ? Ou tu cherches quelqu'un pour que Connor teste ?

Paige ignorait quelle serait leur destination. Connor et elle avaient d'abord voulu tâter le terrain. Voir si ça fonctionnerait pour eux. Trois personnes dans une même relation demandaient plus de travail qu'un couple normal. En plus, de nombreux couples n'étaient pas heureux, alors le taux d'échec pour un plan à trois était extrêmement haut. Surtout s'il y avait des inégalités ou de la jalousie. Connor pouvait même finir par réaliser que les hommes n'étaient pas pour lui et se fermer à l'idée. Oui, il était attiré par certains hommes, mais quand on entrait dans le vif du sujet...

Toutefois, Paige s'était mise dans cette situation en sachant ce qui pouvait en découler. Elle avait observé les relations des autres trouples évoluer et se développer. Ce n'était pas pour tout le monde, c'était certain. Elle craignait simplement que la troisième personne puisse se mettre entre Connor et elle. Ce serait la dernière chose qu'elle voulait.

— C'est ce que tu recherches ? lui demanda-t-elle.

— C'est toi qui ouvres cette porte. Je suis juste celui qui attend de l'autre côté à être invité à entrer.

Elle réfléchit à la signification derrière ses paroles. Il semblait intelligent, elle ne le voyait donc pas mâcher ses mots.

— Eh bien, ce n'est pas comme si je voulais venir te poser des questions sur tes préférences sexuelles. Ce serait impoli.

— Mais tu me le demandes maintenant. Juste d'une manière plus alambiquée. Alors, tu ne penses pas que ce soit malpoli à ce stade ? Tu penses subitement qu'on se connaît assez bien ?

Les flammes remontèrent le cou de Paige jusqu'à ses joues. Elle posa ses paumes sur son visage pour tenter de rafraîchir sa peau.

— Désolé. Je suis brutal, dit-il en écartant ses mains de son visage rougi. Tu m'attires, Paige, et je sais que je t'attire, c'était évident l'autre soir. Il n'y a rien que je préférerais plus que de te sortir de ce véhicule et te prendre dans la pelouse. En vérité, c'était mon intention en venant. Mais tu ne sais rien de moi. On se connaît depuis...

Il jeta un œil à sa montre.

— Depuis peut-être une heure au total.

— On pourrait apprendre à se connaître, suggéra-t-elle.

— C'est pour ça que je suis là.

— Mais tu ne m'as toujours pas révélé si tu étais intéressé par Connor, même un tant soit peu.

Ils se battaient peut-être contre un moulin à vent, si Graydon était cent pour cent hétérosexuels. Mais quelque chose la turlupinait au fond de sa tête, lui faisant penser le contraire. C'était peut-être son absence de réaction quand elle avait fait allusion à une relation avec leur couple, et pas juste elle. La majorité des hommes hétérosexuels aurait réagi autrement. Non ?

— Je suis ami avec ceux que tu as cités tout à l'heure, tous sont dans des relations à partenaires multiples. Ça ne me dérange pas. Je vois de quelle façon c'est génial, superbe. Mais je connais aussi des gens qui étaient dans une relation polyamoureuse et pour qui ça s'est mal terminé. Es-tu prête à risquer ton mariage ? Parce que c'est ce que tu es en train de faire.

— Honnêtement, j'espère renforcer notre relation, pas la dégrader. Je ne suis pas la seule à être intéressée par cette possibilité. Connor n'a pas besoin d'être convaincu. Si ce n'était pas lui qui avait suggéré de chercher une troisième personne, alors je ne l'aurais jamais envisagé.

— Mais tu es une participante consentante.

— Tout à fait, confirma-t-elle en hochant la tête.

— Vous avez tous les deux attiré mon attention l'autre soir, que vous en soyez ou non conscients. Je vous ai vus de l'autre côté de la pièce bien avant de discuter avec Logan. En fait, j'ai questionné Logan pour savoir qui vous étiez.

Paige fut surprise. Logan ne l'avait pas mentionné. C'était peut-être parce que Logan était moins protecteur envers elle depuis que Connor était entré en scène. C'était comme si son grand frère avait passé le flambeau à son mari. À présent, c'était la mission de Connor de la garder en sécurité.

— Juste moi ? Ou Connor et moi ?

— Vous deux. Il n'y avait aucun doute que vous étiez un couple. Je n'approcherais jamais une femme en couple sans un signe que c'est bien reçu par les deux personnes. J'étais ravi que vous montriez tous les deux de l'intérêt.

— Alors, attends...

Paige frotta son visage avec ses paumes. Entendait-elle bien ce qu'il disait ?

— Tu *es* intéressé ?

Elle laissa tomber ses mains sur ses genoux. Était-ce vraiment en train de se produire ? *Bon sang !*

Graydon ramassa l'une de ses mains et l'examina, passant ses doigts sur les siens, faisant dériver un pouce sur sa paume.

— Oui.

Le cerveau de Paige tourna comme un hamster dans une roue. Au fond, elle n'avait jamais cru qu'il accepterait. Cela paraissait improbable. Mais il avait dit oui.

Il avait dit oui.

Elle ignorait comment aborder la situation à partir de maintenant. Toutefois, les trois mots suivants retournèrent l'estomac de Paige.

— À une condition...

Paige réalisa qu'elle retenait son souffle. Elle souffla à la hâte.

— Je peux coucher avec toi sans que Connor soit là, et la même chose vaut pour lui. Si je te veux un dimanche à minuit, je t'aurai à minuit un dimanche. Compris ?

Le cœur de Paige s'emballa. Est-ce que Connor accepterait ?

— Et vous deux ? Voudrez-vous coucher ensemble sans moi ?

Elle était incapable d'imaginer Connor coucher avec un autre homme sans elle. Mais elle ne pouvait pas en être certaine.

— Cette possibilité pourra être envisagée plus tard. On n'ira peut-être pas jusque-là. Si Connor est bicurieux comme tu le dis, alors cette *expérimentation* sexuelle pourra peut-être rapidement le faire changer d'avis.

Elle espérait que non.

Elle était peut-être juste égoïste, mais l'idée qu'elle soit gâtée sexuellement par deux hommes était un sacré fantasme. La seule pensée que ces deux hommes soient Connor et lui la força à serrer les cuisses.

— Est-ce que tu veux explorer de suite ?

Elle eut du mal à empêcher sa voix de trembler d'impatience.

— Je ne demande pas mieux, mais je pense qu'on devrait attendre ton mari.

L'utilisation de « ton mari » aurait dû la troubler, mais ce ne fut pas le cas. Au contraire, l'idée l'excita davantage.

— J'ai déjà eu sa permission, chuchota-t-elle. Je ne ferais rien avec un autre homme sans qu'il soit d'accord. Je l'aime trop.

— Vous avez une relation bizarre tous les deux, commenta Graydon en levant ses sourcils.

— C'est peut-être vrai, mais ça fonctionne.

— Je vois. J'adorerais vous recevoir tous les deux pour dîner. On pourra mieux apprendre à se connaître et commencer par là.

— On adorerait ça.

Chapitre Trois

Connor appuya sur la sonnette alors qu'ils se trouvaient devant la porte d'entrée de Graydon.

– Il n'a pas dit qu'il était bi, gai ou autre ?

– Connor, tu me l'as déjà demandé une centaine de fois. Non, chuchota-t-elle d'une voix exaspérée.

Paige essayait d'être patiente, mais Connor agissait de manière si nerveuse et agitée… comme un enfant qui avait mangé un kilo de bonbons et à qui l'on disait d'aller se coucher.

– Cette maison est superbe, articulait silencieusement Connor quand la porte s'ouvrit.

L'homme qui avait envahi ses rêves érotiques durant les dernières nuits se tenait devant elle, la lueur du vestibule en contrejour, lui donnant l'allure d'une ombre chinoise.

– Entrez.

Sa voix grave résonna dans l'air du crépuscule.

Le bruit la fit frissonner. Avec un grand sourire, elle poussa Connor par la porte et le suivit dans la maison.

— Ravi de te revoir, dit Graydon en serrant la main de Connor, puis prenant leurs manteaux.

Paige retira ses chaussures. Baissant les yeux, il regarda ses talons abandonnés sur son sol immaculé d'un marbre ivoire.

— Pas besoin d'enlever tes chaussures.

Elle jura presque l'avoir entendu dire : « Fais comme chez toi ».

Non ? Oh, d'accord.

— Oh, mais si. Si je pouvais vivre pieds nus et sans soutien-gorge, je le ferais. D'horribles instruments de torture conçus par quelqu'un qui n'avait pas de vagin.

Graydon haussa un sourcil et jeta un coup d'œil à Connor qui haussa les épaules.

— *Les femmes,* dit-il simplement, comme si ça expliquait tout.

Graydon hocha la tête et pendit leurs manteaux dans le placard de l'entrée. Paige pensa l'entendre glousser douce-ment quand il leur tourna le dos.

— T'as une magnifique maison.

Elle étudia les grands escaliers encadrés par des rampes en fer forgé qui menaient au deuxième étage, ainsi que le lustre en cristal pendant au plafond voûté du vestibule. Elle se décala à droite et regarda dans une pièce. Une énorme cheminée en pierres et une gigantesque télé à écran plat constituaient les éléments centraux de la grande salle. Des joueurs de football filèrent sur l'écran jusqu'à ce qu'un sifflet retentisse.

Graydon passa devant elle pour attraper la télé-commande.

— Je m'excuse. Je rattrapais mon retard sur une vidéo de match dans l'espoir de trouver un diamant dans un tas de charbon.

– Attends, dit Connor en levant la main. Ne l'éteins pas encore. C'était quel match ?

– State contre Clemson.

Connor hocha la tête et s'installa sur le canapé, ses yeux ne quittant à aucun moment l'écran.

– Ouais, je m'en souviens.

– T'es un fan de football universitaire ? demanda Graydon en scrutant le visage de Connor.

Connor ne paya aucune attention au regard attentif de l'autre homme. Et lui qui était nerveux.

– Je regarde un peu, mais je préfère les matchs de NFL.

– C'est qui ton équipe préférée ?

La question était biaisée, mais Connor répondit sans réfléchir ou sans hésiter.

– Les Bulldogs, bien sûr.

– Bien sûr, murmura Graydon. Est-ce que je peux vous proposer un verre ?

– Juste un ? plaisanta Paige.

– Tu peux en avoir autant que tu veux, répondit Graydon avec un grand sourire. Du moment que tu ne conduis pas.

Bon point, mais un peu autoritaire. Paige mâchonna sa lèvre inférieure.

– Ne fais pas ça.

Le ton était tranchant.

Avec un sursaut, Paige relâcha sa lèvre. *C'est. Quoi. Ce. Bordel.*

– Ne fais pas quoi ? demanda Connor en levant les yeux, perdu.

– Rien, dit Graydon en agitant la main. Désolé. Qu'est-ce que vous aimeriez ?

– Une bière, si t'en as, répondit Connor avant de rediriger son attention vers le match.

– Un gin-tonic pour toi, Paige ?

Sa suggestion allégea la tension.

– Oh, oui. *J'adorerais* en avoir un.

Un gloussement gronda au fond de sa poitrine.

– Pourquoi tu ne m'accompagnes pas, je te donnerai quelque chose à apprécier. On revient, Connor.

Paige jeta un œil à son mari qui semblait bien plus détendu qu'il ne l'avait été durant la journée. Un peu de football était tout ce qu'il lui avait fallu. *Les hommes.*

Avec un petit signe de tête, elle posa sa main sur le bras offert par Graydon. Elle s'émerveilla devant la taille de sa main qui paraissait petite sur son bras. Il portait un fin pull vert émeraude au col en V qui, à nouveau, mettait en valeur tous les muscles au-dessus de sa taille. Elle pressa son biceps alors qu'il la conduisait hors du salon, dans une salle de jeux située à côté de la cuisine.

Une magnifique table de billard en bois sculpté trônait au centre de la pièce, un bar longeait le mur du fond et une table de poker se trouvait dans un coin. Une seconde énorme télévision était accrochée au mur. Des portes-fenêtres donnaient sur ce qui semblait être une terrasse. Il faisait trop sombre dehors pour que Paige puisse en être certaine.

Subitement, Graydon la plaqua au mur et posa ses deux paumes de chaque côté de sa tête. Elle étouffa un cri de surprise alors qu'il se penchait vers elle, son torse pressé contre sa poitrine. Elle pouvait sentir les mouvements montants et descendants de sa respiration. En étant si proche, elle ne parvint à inspirer rien d'autre que son parfum. Sans doute du bois de santal. Et de la testostérone. Ses narines se dilatèrent lorsque son corps reconnut cette hormone et son centre se réchauffa.

Sans ses talons, elle se sentait encore plus petite à côté de lui. Il pouvait la maîtriser, la posséder, et elle serait incapable de faire quoi que ce soit. Cette pensée durcit ses mamelons qui devinrent des pointes douloureuses, et sa respiration devint superficielle. Elle se demanda ce que ce serait de lui laisser le contrôle.

– T'es prête ? demanda-t-il, sa voix grave et rauque.

– Pour le dîner ? chuchota-t-elle, haletante. Bien sûr.

– Non. Ça.

Il prit sa joue et réduisit le petit vide entre eux, ses lèvres s'emparant des siennes. Elles étaient chaudes, charnues et douces comme de la soie, mais en demandaient tellement. Il embrassait avec la même assurance qu'il dégageait. Il pencha la tête pour avoir un meilleur accès à sa bouche, tout en pressant encore plus fort son grand corps massif contre le sien. Sa langue taquina ses lèvres, les amadouant pour qu'elles s'ouvrent. Lorsqu'elle céda, il posséda sa bouche franchement, dévastant ses sens. Elle gémit contre sa bouche et il enchevêtra sa langue avec la sienne, lui demandant une attention totale.

– J'ai hâte de me glisser en toi, de te donner tout ce que tu veux, désires et quémandes, dit-il en s'écartant un peu après avoir libéré brusquement ses lèvres.

Ses yeux étaient sombres, ses pupilles dilatées.

Sa poitrine se soulevait et s'abattait rapidement, comme si elle manquait d'oxygène. Elle déglutit et trembla, à fleur de peau.

Elle était aussi impatiente que lui.

Un raclement de gorge la ramena à la réalité, mais Graydon ne s'écarta pas d'elle. Il continua à sonder son âme, ce qui lui donna envie de se tortiller.

– Embrasser ma femme... lança Connor, à l'autre bout de la pièce.

Ses cheveux étaient ébouriffés, comme s'il avait passé sa main une ou deux fois dedans. Son visage semblait rouge.

Paige était incapable de dire s'il était énervé ou excité par ce qu'il voyait.

– C'est pour ça que tu l'as amenée ici, n'est-ce pas ? demanda Graydon, sans s'écarter d'elle et sans même tourner la tête.

Connor ne répondit que lorsqu'il s'avança dans la pièce, s'approchant d'eux.

– T'as raison, c'était pour ça. C'est juste que je ne l'avais jamais vue embrasser un autre homme.

– Est-ce que ça t'a plu ?

Connor passa une main sur le devant de son jean, à l'endroit où il était bombé.

– En effet.

Graydon s'écarta de Paige, lui tournant le dos, et alla derrière l'espace-bar. Il ouvrit un petit frigo et en sortit une bière. Il la décapsula et l'offrit à Connor.

– Tu veux un verre ?

Connor secoua la tête et avança vers le bar.

– Non. Merci.

Il prit une longue gorgée au goulot de la bouteille, puis la posa sur le comptoir en marbre du bar.

Paige n'avait pas bougé d'un cil. Elle restait collée au mur, même si personne ne la retenait. Elle ignorait comment Connor réagirait en les surprenant à s'embrasser et fut agréablement surprise de ne voir aucun signe de jalousie. C'était assurément un bon début.

– Mon tour, déclara Connor alors qu'il traversait la pièce précipitamment et couvrait les lèvres de Paige avec les siennes.

Sa bouche était humide, froide et avait le goût de la bière froide. Son mari n'avait jamais été aussi brutal en l'embrassant. Où s'était caché cet homme ? Leur vie sexuelle était formidable, et rien ne leur avait jamais manqué. Mais ce soir, après avoir vu Graydon embrasser sa femme, un brasier s'élevait en lui. Un gémissement étranglé lui échappa lorsqu'il enfonça ses doigts dans ses cheveux, lui renversant la tête en arrière. Il prit la lèvre inférieure de Paige entre ses dents et la mordilla. Elle se laissa aller contre le mur et glissa sa main entre eux, découvrant son membre dur et prêt.

Il se redressa et fit dériver une phalange sur sa pommette.

– Je veux le voir te baiser, dit-il d'une voix faible et rude, ses paupières tombantes.

Paige le scruta, ébahie.

– J'ai besoin que tu sois sûr à cent pour cent.

Avec un rapide hochement de tête, il s'écarta d'elle.

– Je veux t'entendre le dire, Connor.

– Je suis sûr, bébé. Le voir juste t'embrasser a fonctionné.

Il attrapa sa main et la posa contre la braguette de son pantalon.

– Tu peux sentir à quel point je suis dur.

Paige jeta un coup d'œil à Graydon. Il était accoudé au bar, un verre posé contre ses lèvres.

Elle s'approcha rapidement du deuxième homme, lui prit le verre des mains et en avala le contenu d'une traite. Elle reposa violemment le verre sur le comptoir.

– Putain, cette merde est dégueulasse.

Elle s'essuya sa bouche avec le dos de sa main.

– Je peux te préparer quelque chose que t'aimerais. Il suffit de me le dire, lui lança Graydon, une lueur d'amusement dans les yeux.

Elle mit ses mains sur ses hanches et leva les yeux vers lui.

– Est-ce que ça a marché pour toi aussi ?

– Oui.

– Bien.

Elle alla derrière le bar et examina ce qu'il avait en stock.

– J'ai besoin d'un Long Island glacé ou d'un autre truc

fort. Pas un truc de gonzesse.

Graydon passa derrière le bar pour se mettre à côté d'elle, prenant des bouteilles sur l'étagère.

– Je peux t'en faire un. Ensuite, on pourra passer à la cuisine et dîner.

Elle attrapa le bas du chandail moulant de Graydon et le souleva suffisamment pour voir ses abdominaux bien dessinés. Puis, elle passa un doigt dans les creux entre les muscles.

– Au diable le dîner. On doit s'occuper de trucs plus importants.

– Comme toi ?

– Oui, comme moi. Connor veut nous regarder.

Alors que Graydon versait divers alcools dans un grand verre rempli de glace, ses yeux dévièrent vers Connor. Il remua le mélange et en goûta une gorgée avant de tendre le verre à Paige.

– Parfait, annonça-t-il.

Paige ne savait pas s'il faisait référence à la boisson ou à l'idée que Connor veuille les regarder. Elle avala une gorgée, la boisson sucrée et amère descendant facilement.

– Je ne vais pas me plaindre de l'avoir pour moi la première fois, lui lança Graydon.

– Ne t'y habitue pas, répliqua Connor qui retourna vers le bar pour prendre sa bière.

Graydon arqua un sourcil et jeta un coup d'œil à Paige.

– Tu lui as répété mes conditions, n'est-ce pas ?

– Oui, on en a discuté, répondit-elle, tout en regardant son mari.

Il les avait acceptées sur le coup. Avait-il changé d'avis ?

– J'ai entendu tes conditions, dit Connor après avoir pris une profonde inspiration. Je suis très absent, alors je comprends que vous vouliez coucher ensemble pendant que je ne suis pas là.

– Je voyage aussi beaucoup au vu de ma position, alors je veux que ce soit juste. Pour m'assurer qu'il n'y ait pas d'animosité.

Connor hocha la tête.

– On devrait peut-être convenir de ça. Si je suis absent, c'est bon. Si je suis en ville, je dois être intégré. Même chose pour toi.

– J'accepterai si Paige le fait, dit Graydon en plaçant une main au bas du dos de Paige.

Celle-ci haussa les épaules.

– Hé, je ne peux pas m'en plaindre. Je suis celle qui en profite.

Elle prit une longue gorgée de son verre.

– Holà, tu dois ralentir, bébé, dit Connor, une lueur inquiète dans ses yeux.

– Pourquoi on ne va pas se détendre ? Je ne suis pas sûr que t'aies entendu, mais Paige suggérait de sauter le dîner pour le moment et...

– S'activer, l'interrompit Paige.

– Oui, apparemment l'expression est *de s'activer*.

– Sérieusement, t'étais un joueur de football dans les *vestiaires*. Comment c'est possible que tu n'utilises pas d'argot ou même que tu ne jures pas ? plaisanta-t-elle.

Il semblait un peu rigide quand il s'agissait de la langue anglaise. Il était loin de se douter qu'elle était une langue de vipère professionnelle. Il s'en rendrait compte bien assez tôt.

– Paige dit assez de gros mots pour nous deux, l'avertit Connor. Elle va te griller les oreilles.

C'était vrai, mais...

– Si t'es offensé par mon utilisation créative de la langue anglaise, alors ça risque de ne pas fonctionner.

– Je ne serai pas offensé, assura Graydon. Ce n'est pas parce que je choisis de parler d'une certaine manière que vous ne pouvez pas être vous-même. C'est important qu'on soit tous à l'aise les uns avec les autres.

Pourquoi avait-elle la persistante impression qu'il s'était déjà retrouvé dans cette situation ? Quelles étaient les chances qu'ils choisissent quelqu'un qui avait plus d'expérience que Connor ou elle en matière de relations avec multiples partenaires ? Bon sang ! Eux n'avaient aucune expérience dans ce domaine. Seulement des fantasmes. Ce serait peut-être un avantage d'avoir quelqu'un d'expérimenté. Maintenant qu'elle y pensait, s'il s'était déjà retrouvé dans une relation ou une situation comme celle-ci, qu'était-il arrivé ? Qu'est-ce qui avait mal tourné ? *Merde.* Paige se mordilla la lèvre inférieure.

– Chaque fois que tu fais ça, Connor ou moi devrons te distraire. Tu ne devrais pas grignoter tes belles lèvres.

Belles lèvres ? Hum.

– Me distraire comment ?

Elle avait le sentiment de savoir ce qu'il voulait dire, mais elle voulait qu'il le lui montre malgré tout.

– Comme ça.

Il attrapa ses hanches et l'attira près de lui, l'embrassant avec force et hâtivement.

Connor arriva par-derrière, la coinçant entre eux. Les mains sur sa taille, ils la retournèrent tous les deux.

– Et ça, murmura Connor en fixant sa bouche.

Il l'embrassa ardemment, prenant son temps, contrairement à Graydon.

– T'es tellement bonne, lâcha-t-il en enlevant ses lèvres assez longtemps, avant de revendiquer sa bouche à nouveau.

Être embrassée par son mari pendant qu'un autre homme se pressait contre elle par-derrière, c'était tellement... *érotique.* En plus, elle réalisa que ce n'était que le début.

Graydon écarta ses cheveux de son cou pour souffler sur

sa peau brûlante. Sa bouche suivit, sa langue glissant le long de sa colonne vertébrale, ne s'arrêtant que lorsqu'elle atteignit le col de son pull.

Il était dur contre ses fesses, et ce fut difficile de ne pas remarquer la taille de son membre. D'après ce qu'elle pouvait sentir, même avec un jean entre eux, il était bien plus gros que Connor. Pourtant, Connor ne rigolait pas non plus.

Les mains de Graydon dérivèrent de ses hanches jusqu'à la courbe de ses fesses, les pressant l'une contre l'autre tandis qu'il se propulsait contre elle. Il trouva sa nuque à nouveau, enfonçant doucement ses dents dans la chair de Paige.

Celle-ci poussa ses fesses contre lui tout en se penchant vers Connor, attrapant les biceps de son mari pour se mainte-nir. Elle gémit dans sa bouche alors que Connor jouait avec les pointes de ses tétons à travers la maille soyeuse. Durs et sensibles. Elle désirait avoir une bouche dessus.

Mais ils étaient encore tous les trois habillés, debout derrière un bar dans une salle de jeu. Ce n'était pas là qu'elle voulait être prise pour la première fois par un autre homme, sous les yeux de son mari.

Elle étala ses paumes sur le buste de Connor et le repoussa légèrement.

– Où ?

Graydon fit glisser ses mains sur sa cage thoracique avant de saisir ses seins par-derrière.

– Suis-moi, murmura-t-il contre sa peau.

Bien qu'elle soit légèrement déçue que Graydon s'éloigne d'elle, elle savait qu'il la toucherait à nouveau dans peu de temps. Sa respiration devint rapide et superficielle lorsque Graydon prit sa main, l'entraînant hors de la pièce, vers le vestibule et les escaliers. Connor agrippa son autre main pour qu'elle le tire derrière elle.

Non pas qu'il ait besoin d'encouragements. Ses yeux

étaient envahis par l'excitation et l'impatience. Il ne pouvait enlever sa main libre de son sexe dur qui était caché sous son jean.

Paige était tentée de le regarder, car elle était excitée chaque fois que Connor se touchait. Mais étant donné la vitesse à laquelle Graydon montait les escaliers, elle fut obligée de regarder devant elle, pour éviter de trébucher et de dévaler toutes les marches accidentellement.

Lorsqu'ils arrivèrent sur le palier du deuxième étage, le cœur de Paige se mit à battre frénétiquement. Quelques pas seulement les séparaient de ce qui allait se produire. Elle jeta un rapide coup d'œil à Connor et lui serra la main.

Il lui répondit de la même façon et lui adressa un sourire nerveux.

Connor avait toujours été son roc. Il devait rester calme pour qu'elle puisse le faire. Mais Paige avait l'impression d'être une vierge sur le point de perdre sa virginité.

Au bout du couloir, Graydon ouvrit un battant d'une double porte, faisant signe avec son bras vers l'intérieur de la chambre pour leur indiquer d'entrer.

– Bienvenue.

Ce mot de bienvenue annonçait tellement de choses qu'il rendit Paige encore plus nerveuse. Graydon semblait extrêmement calme, impassible. Ce n'était clairement pas sa première fois. Il avait l'air bien trop à l'aise avec ce qui allait se passer.

La chambre était immense, à l'image de l'homme qui se tenait au centre de cette pièce impeccable, observant leurs réactions, à Connor et elle. Le lit king-size était parfaitement fait, pas un pli ni un coin distendu en vue.

Paige pariait que la chambre disposait d'une luxueuse salle de bain attenante et d'un dressing suffisamment grand pour qu'elle y vive.

Les couleurs riches se composaient de beiges, de crèmes et de bruns, avec un peu de bordeaux pour rehausser le tout. Quelqu'un avait bien réfléchi à la décoration de cette chambre principale. Paige l'adorait. Elle était à l'image de son propriétaire. Soignée, raffinée, mais sobre.

– Magnifique, murmura-t-elle.

– Merci. Mon décorateur d'intérieur a compris mes exigences et a fait des merveilles.

– Depuis combien de temps tu vis ici ?

– Paige, franchement, la réprimanda-t-il. Tu préfères prendre du temps pour me poser des questions futiles ou que je te déshabille ?

Eh bien, quand il le présentait ainsi...

Graydon indiqua un fauteuil capitonné et arrondi dans le coin.

– Tu peux t'asseoir là pour regarder.

Connor regarda l'endroit qu'il proposait, puis revint à Graydon.

– Et si je décide de participer une fois que vous aurez commencé ?

– Fais comme tu le souhaites, répondit Graydon en inclinant la tête.

Paige aperçut l'étincelle dans ses yeux. De toute évidence, Graydon voulait que leur première fois ne soit qu'entre eux deux. Mais si Connor décidait de se joindre à eux, elle ne le dissuaderait sûrement pas. Tout ça était aussi pour lui. Pas seulement pour Graydon. Pas uniquement pour elle.

Au lieu de se diriger vers la chaise, Connor se rapprocha d'eux.

– Je veux au moins vous aider à vous déshabiller.

– Bien sûr, répondit Paige avec enthousiasme.

Elle aimait quand Connor prenait son temps pour la

dévêtir, exposant son corps petit à petit, le dégustant au passage. C'était l'une de ses étapes préférées des préliminaires. Même si, honnêtement, Paige n'avait jamais fait de préliminaires qu'elle n'adorait pas. Tout ce qui l'émoustillait l'emportait pour elle.

– Prête ? demanda Connor en se plaçant derrière Paige et posant ses mains sur ses épaules.

– Oh oui. S'il te plaît.

Sa respiration devint saccadée quand son mari commença à faire dériver ses doigts le long de ses bras, attrapant l'ourlet de son pull au niveau de sa taille.

– Tu veux m'aider ? proposa Connor dont le regard se porta sur Graydon.

– Bien sûr.

Connor et elle étaient nerveux, mais cet homme était mystérieux. Ses paroles étaient posées. Son attitude était froide. Pas le moindre tremblement dans sa voix. Si Paige était crédule, elle pourrait penser qu'il abordait cette affaire comme une transaction commerciale. Mais elle ne doutait pas de son enthousiasme qui lui rappelait de la lave en fusion. Elle venait d'en faire l'expérience à l'étage inférieur.

En quelques secondes, elle se retrouva à nouveau prise en sandwich entre les deux hommes. Graydon devant, Connor derrière. Tous deux prirent le bas de son chandail et le relevèrent lentement sur ses seins et au-dessus de sa tête. Connor le jeta derrière lui, mais les yeux de Paige ne lâchèrent à aucun moment Graydon. Le regard ardent de celui-ci erra sur la chair qui débordait de son soutien-gorge. Elle espérait qu'il visualisait ce qu'il avait l'intention de faire avec ses seins. Ses tétons se durcirent d'impatience.

Connor glissa ses doigts sous l'attache et libéra le poids que le tissu soyeux supportait. Le soutien-gorge noir tomba en avant et glissa le long de ses bras.

– Si parfaite, murmura Graydon.

Paige désirait qu'il la touche. Mais il n'en fit rien. Il se contenta de la caresser du regard. Sans même la toucher, l'homme provoqua une flaque entre ses jambes.

Graydon tendit la main pour détacher son jean tandis que Connor s'agenouillait derrière elle, caressant ses chevilles et ses mollets jusqu'à ce que le jean devienne trop serré pour qu'il continue. Il retira ses mains des jambes de son pantalon et remonta vers la taille du jean jusqu'à en attraper la ceinture. Graydon tenant l'avant et Connor l'arrière, ils firent passer le jean ajusté sur ses hanches et le firent descendre le long de ses cuisses, pour enfin la libérer.

Ils lui laissèrent sa culotte. Connor, toujours à genoux, commença par ses pieds, remontant sa jambe avec sa langue jusqu'à atteindre le bas de son shorty en dentelle noire. Suivant l'exemple de Connor, Graydon se laissa également tomber à genoux aux pieds de Paige, embrassant le bas de son ventre et taquinant son nombril avec sa langue avant de progresser jusqu'à l'élastique de la taille. Connor passa ses doigts à l'arrière, Graydon les glissa à l'avant, puis ils descendirent lentement sa culotte, leurs bouches suivant le chemin du sous-vêtement. Lorsque celle de Graydon se retrouva sur son os pubien, Paige agrippa ses larges épaules, essayant désespérément de rester debout. La langue de Graydon caressa l'étroite bande nette de poils qu'elle avait laissée. Son corps se crispa quand le souffle chaud de l'homme balaya sa zone la plus délicate.

Connor égratigna ses fesses avec ses dents, les mordillant par endroits. Pas assez fort pour laisser des marques, mais suffisamment pour la faire gémir et enfoncer ses ongles dans la peau de Graydon à travers son pull. Son mari lécha la fente de son cul et suça la peau au niveau du creux de son dos.

Ils firent glisser sa culotte sur ses cuisses, puis la laissèrent tomber à ses pieds. Elle l'enleva d'un mouvement de cheville afin de pouvoir écarter les jambes le plus possible, permettant à Graydon de passer deux doigts sur ses lèvres mouillées et gonflées, et exposer son clitoris. Sa bouche le trouva, le suça, le lécha et l'effleura jusqu'à ce qu'elle crie, incapable de se retenir plus longtemps.

– Doucement, bébé, murmura Connor qui la soutenait.

Elle resserra ses doigts dans le pull de Graydon, tirant dessus désespérément, souhaitant qu'il soit aussi nu qu'elle.

Après quelques coups de langue supplémentaires, il reposa ses talons sur le sol et leva les yeux vers elle, ses lèvres sombres luisant de l'excitation de Paige. Puis il se redressa, enleva ses chaussures et attrapa le bas de son pull, prêt à le passer par-dessus sa tête.

– Non, le stoppa-t-elle d'une voix tremblante. Non, laisse-nous le faire.

– Comme tu veux, dit-il en laissant tomber ses mains sur les côtés et lui souriant.

Avec un dernier baiser dans le bas du dos de Paige, Connor se déplaça derrière Graydon. Paige et lui réitérèrent ce que les hommes avaient fait sur elle. Ils le déshabillèrent, exposant lentement sa peau foncée et lisse. Ses tétons crispés, presque noirs, et...

Paige inspira et passa doucement un doigt sur une longue cicatrice qui sillonnait les muscles abondants de ses pectoraux. La cicatrice était ancienne et épaisse, mais tout de même plus rose que le reste de sa peau. Elle chercha ses yeux, curieuse.

Les narines de Graydon se dilatèrent un peu, et il fit un petit signe de tête. Ce n'était pas le bon moment.

Paige se pencha vers lui pour embrasser la cicatrice plissée, puis elle lécha ses tétons, donnant un petit coup de langue sur chaque bout.

L'homme avait *le V*. La ligne bien définie de muscles qui partait de ses abdominaux pour pointer vers les mystères se trouvant plus bas. Des secrets que Paige souhaitait découvrir.

Elle jeta un coup d'œil à Connor. Il l'avait repéré lui aussi.

Même si Connor était en forme, il n'avait pas ce V exquis. Paige espérait qu'il ne se sente pas complexé face à Graydon.

Mais à en juger par l'expression de Connor, il semblait également captivé.

Graydon enfonça ses doigts dans les longs cheveux de Paige, les agrippant assez fort pour faire mal à son cuir chevelu. Mais c'était si bon. Tellement bien.

Il renversa sa tête en arrière et embrassa son cou pendant que Connor ouvrait le jean de Graydon, passant une main sur la bosse de son caleçon.

– Bordel ! souffla Connor en découvrant la taille de l'autre homme.

Il s'empressa de retirer le jean, le slip et les chaussettes de Graydon, jusqu'à ce que l'homme se retrouve nu devant lui.

L'épaisse bite de Graydon retomba contre le ventre de Paige. Entre la chaleur et la taille de son membre, ainsi que sa bouche sur sa peau, elle poussa un cri de désir extrême.

Connor contourna le grand homme pour embrasser l'épaule de Paige avant de se diriger vers la chaise calée dans le coin de la pièce. Il s'installa sur le siège, les jambes écartées, et il détacha son propre jean, le baissant suffisamment pour pouvoir y glisser sa main.

Paige retint un couinement lorsque Graydon la porta dans ses bras. Elle se sentit minuscule, comme une poupée, alors que ses muscles se contractaient et se durcissaient autour d'elle. Il la posa au bord du matelas, la mettant à plat, tirant ses fesses vers le bord, avant de s'agenouiller entre ses cuisses. Il installa les pieds de la jeune femme sur ses épaules et plongea.

Littéralement.

Paige se cambra, la bouche béante, tandis que les lèvres de Graydon se déplaçaient sur sa chatte et que sa langue la violait. Il aspira ses plis, son clito, la peau tendre du pli de sa cuisse. Il mordit sa chair gonflée avant de plonger deux doigts en elle. Elle souleva ses hanches du lit, se plaquant contre sa bouche alors qu'il s'affairait sur elle. Oh, il la mettait dans tous ses états. Sans réfléchir, elle se mit à balancer la tête d'avant en arrière pendant qu'il suçait son clito et que ses gros doigts allaient et venaient en elle jusqu'à ce que...

– Putain ! cria-t-elle en direction du plafond.

Elle se força à garder les yeux ouverts pour voir sa tête bouger entre ses jambes, plus vite, plus fort. Elle poussait des gémissements incontrôlables, ses yeux se révulsant alors que les vagues de l'orgasme la submergeaient. Elle immobilisa la tête de Graydon avec ses cuisses, son clito trop sensible pour endurer son attaque. Mais il était impitoyable, ne s'arrêtant même pas pour qu'elle profite du premier orgasme avant de lui en arracher un deuxième, plus intense. Ses orteils se recourbèrent et elle plaqua ses paumes contre le matelas, lui criant d'arrêter. C'était trop, trop vite. Et puis soudain...

Il disparut.

Elle ferma les yeux, incitant son cœur à cesser de palpiter dans sa poitrine, ses jambes à arrêter de trembler, son corps à accepter l'oxygène qu'elle aspirait à toute vitesse.

Il revint rapidement, ses mains sur les côtes de Paige, la poussant plus loin dans le lit. Le matelas s'affaissa sous le poids de Graydon et, sans attendre, son corps recouvrit entièrement le sien, ses hanches entre ses cuisses. Il cloua les bras de Paige au-dessus de sa tête avec l'une de ses grandes mains sur ses poignets. Il prit un mamelon dans sa bouche, faisant tournoyer sa langue autour, puis sur le centre dur. Son bouc taillé écorcha la peau délicate de son sein.

Il aspira vivement le téton, prenant autant de chair que possible dans sa bouche. Son autre main saisit le second sein de Paige, son doigt et son pouce pinçant et tordant la pointe dure avec rudesse.

Cet homme n'était pas délicat au lit. Son attitude raffinée avait disparu, et l'homme qui avait pris sa place était brutal, bestial. Rien ne le retenait.

Il passa à sa bouche, suçant sa lèvre inférieure, puis la caressant avec sa langue.

– Est-ce que tu peux percevoir ta saveur ?

– Oui, répondit Paige en relâchant un souffle tremblant.

– Je t'ai fait jouir deux fois avec ma bouche. Combien de fois vais-je te faire jouir avec ma bite ?

Les mots « jouir » et « bite » sortant de sa bouche la firent gémir.

– Tu vas me baiser ?

– Oui.

– Sauvagement ?

– Tellement fort, dit-il rudement de sa voix grave.

Ses paroles cochonnes la ravirent, et elle eut désespérément envie d'embrasser sa bouche obscène. Elle voulait l'encourager à redire le mot « baiser ». Qu'il lui dise combien de temps il la baiserait. À quelle profondeur il s'introduirait en elle. Baiser. Baiser. *Baiser.*

– Tu vas me faire jouir ? demanda-t-elle.

Graydon dut comprendre à quoi elle jouait.

– Je vais te baiser tellement fort avec ma bite que tu vas hurler en jouissant, dit-il en souriant contre sa peau. Puis, je vais te baiser une nouvelle fois. Jusqu'à ce que tu me trempes de ta mouille.

Paige frémit. Quand il relâcha ses bras, elle agrippa ses biceps et se tortilla sous lui.

Sur son biceps droit, elle sentit une autre cicatrice épaisse du bout de ses doigts, la distrayant une seconde. Mais le mouvement rapide qu'il fit pour placer sa verge contre ses lèvres gonflées et ouvertes lui fit tout oublier, sauf ce qu'il était sur le point de faire. Il était déjà enrobé de latex. Paige réalisa alors que c'était pour cela qu'il avait brièvement disparu plus tôt. Le corps de Paige se crispa quand qu'il poussa, se préparant à accueillir un homme de sa taille.

– Détends-toi, murmura-t-il, son visage à quelques centimètres du sien. Je vais y aller doucement.

Elle ne voulait pas qu'il y aille doucement. Elle désirait le sentir maintenant. Au plus profond d'elle.

Mais il avait raison, même si prendre son temps risquait de provoquer sa perte.

Il prit son visage entre ses mains, la fixant des yeux. Elle n'avait jamais vu un regard aussi intense, ce qui l'effraya un peu. Mais cela la fit aussi trembler d'impatience. Petit à petit, il avançait ses hanches, sa bouche ouverte, mais ne touchant pas tout à fait celle de Paige. Il inspirait ses bouffées, elle inspirait les siennes. Inspirer et expirer. Inspirer et expirer. Cela la rendit folle.

Il avait menti en disant qu'il irait doucement. Il la revendiqua. Sa bouche, son centre glissant. Durement. L'embrassant ardemment, la baisant férocement, l'étirant jusqu'à la limite. Les muscles denses du corps de Graydon travaillaient, se gonflaient, la maintenaient en place tandis qu'elle criait dans sa bouche.

Pas pour qu'il arrête. Non.

Mais pour qu'il continue.

Il était si puissant. Il prit le contrôle du corps de Paige en utilisant le sien contre elle.

Elle enroula ses jambes autour de ses épaisses cuisses, sentant les vigoureux muscles se développer et se contracter à chaque propulsion. Lorsqu'elle tendit les mains vers sa taille, il les lui attrapa et les plaqua sur le lit pour l'immobiliser.

Cet homme était obnubilé par le contrôle. Par ce qui *lui* appartenait.

À cet instant, il l'avait conquise. Il envahissait totalement sa bouche et son corps. Chaque mouvement de ses hanches la faisait mouiller, l'étirait pour qu'elle loge sa largeur.

C'était tellement grisant.

Il attacha sa bouche à la base de sa gorge et aspira sa peau jusqu'à ce qu'elle soit sensible. À plusieurs reprises, il la posséda. La sueur lustrait leurs corps. Leurs cris, leurs gémissements et leurs râles se faisaient écho.

Avec ses dents, il captura la chair arrondie de son sein, mordillant sa peau, puis trouva son mamelon pointu, froncé et nécessiteux. L'aspiration de sa bouche, l'éraflure de ses dents la poussèrent à la limite de l'orgasme.

Il la baisa rapidement et violemment, le plaisir se renforçant en son centre jusqu'à l'explosion. Les vagues de l'orgasme la secouèrent, la poussant à enfoncer ses orteils dans les mollets de Graydon et à retenir son souffle avant de pousser un gémissement.

Celui-ci grogna lorsqu'elle écrasa son bassin contre le sien, essayant de prolonger l'orgasme.

– Encore ?

La question ne semblait plus aussi froide et calme. Elle était âpre, féroce.

– Oui, répondit-elle d'une voix sifflante.

Il ralentit son rythme, relâcha les mains de Paige et glissa ses paumes sous ses fesses pour soulever ses hanches. Puis il fit quelque chose qui lui fit presque perdre la tête. À chaque mouvement de ses hanches, sa bite touchait son point. C'était ce puits magique de plaisir qui la faisait mouiller davantage, qui incitait son corps à se contracter autour du membre de Gray tout en essayant de l'attirer plus profondément. Mais c'était impossible. Il comblait tout l'espace disponible. Il ne pouvait pas aller plus loin.

Le balancement de ses hanches exerçait une pression sur son clitoris, et elle s'ébranla à nouveau. Sa bouche s'ouvrit, mais aucun son ne s'échappa. Sa tête bascula en arrière et ses ongles creusèrent ses bras musclés, laissant de minuscules empreintes en demi-lune.

Il eut le souffle coupé et son corps faiblit un instant. Mais après quelques secondes, il trouva une toute nouvelle cadence. Se redressant, il saisit les deux côtés de ses hanches et plongea en elle avec un nouvel angle. Elle se débattit contre lui sans pouvoir se contrôler, ses murs internes le comprimant. Cet ultime orgasme fut bref, mais violent et intense.

Son endurance était stupéfiante. Hormis la brillance de sa peau, rien n'indiquait qu'il fournissait un effort. Il n'était pas essoufflé, il ne ralentissait pas à cause de la fatigue. Il fonctionnait comme une machine. Sa bite, un piston bien huilé.

Qui avait ce genre de contrôle ? Était-ce l'esprit sur le corps ?

Mais Paige n'en pouvait plus. Elle était sur le point de s'effriter. Elle sentait l'épuisement la gagner, ses multiples orgasmes l'ayant vidée.

— T'en as assez ? demanda-t-il brusquement en déposant un baiser entre ses seins.

— Morte, souffla-t-elle d'une voix cassée.

Il lui fit un sourire satisfait et entoura ses joues de ses mains, lui maintenant la tête pour la forcer à croiser son regard. Lorsqu'il tressaillit, ses yeux se fermèrent un bref instant, son sourire vacilla et ses doigts s'enfoncèrent davantage dans son visage.

Puis il se figea, sa respiration pesante et hâtive.

– J'espère que ça t'a satisfaite, commenta-t-il en posant son front contre le sien.

Avant même qu'elle ait pu comprendre ce qu'il avait dit, il se dégagea et quitta le lit. Il alla dans la salle de bains et ferma la porte derrière lui.

Désossée et complètement épuisée, elle fut incapable de bouger. Elle n'avait même pas l'énergie de fermer les jambes. Même s'il avait quitté son corps, elle pouvait encore sentir sa rondeur, sa taille. Elle le ressentirait probablement pendant une journée au minimum.

Elle avait l'impression d'être une épave.

Elle sourit en regardant le plafond.

Puis, elle se souvint de Connor. Il ne les avait pas rejoints. Il ne les avait pas arrêtés. Il était resté silencieux.

Elle trouva assez d'énergie pour tourner sa tête vers la chaise.

Connor était comme elle alors qu'il n'avait même pas été dans le lit avec eux. Son jean était ouvert, ses mains figées, ses cheveux ébouriffés et une tache sombre en bas de sa chemise froissée. Ses yeux étaient à moitié fermés lorsqu'il les leva vers elle, sa voix hors d'haleine.

– Putain de merde.

– Ouais, putain de merde, répéta Paige lui faisant un petit sourire.

Ils s'assirent tous les trois contre la tête du lit. Connor ne portait que son jean puisque sa chemise était au lavage. Graydon, lui aussi torse nu, portait un bas de pyjama en soie noire. Paige s'était dit « merde » et n'avait enfilé que son shorty.

À ce stade, elle ne se souciait pas d'être assise presque entièrement nue sur le lit de leur nouvel amant alors qu'ils grignotaient des raisins, des tranches de pommes, du fromage et des biscuits salés. Bien sûr, c'était le genre de collation qu'il avait chez lui. Elle aurait été étonnée qu'il revienne avec un sac de chips. Elle doutait que son corps de dingue s'alimente de malbouffe.

Connor et Graydon se relayèrent pour donner du raisin à Paige alors qu'elle se prélassait entre eux, sur les oreillers.

— Quand est-ce que vous me donnez des fraises enrobées de chocolat ? Oh, ou des cerises. Où sont les concubines aux éventails en feuilles de palmier ?

— Tu penses être choyée comme ça à chaque fois ? demanda Connor.

— Je l'exige.

Connor pouffa, et elle ne put retenir son rire. Bien que Connor et elle sussent quand chacun plaisantait avec l'autre, Graydon n'avait pas encore compris l'humour décapant qu'ils avaient.

— Une femme devrait toujours être gâtée. Entretenue comme une reine. Si on la rend heureuse, alors elle n'aura aucune raison de s'éloigner.

Eh bien. Pour commencer, l'utilisation du mot « entretenue » par Graydon l'ennuya. Elle fronça les sourcils alors qu'il présentait une tranche de pomme à ses lèvres. Elle tourna la tête pour la refuser, et il la replaça dans l'assiette.

— Je ne veux pas être entretenue comme une reine.

— Traitée comme une reine, alors. Si ça te convient mieux.

Assurément, mais il avait dit « *entretenue* ».

– Une femme devrait aussi gâter son homme. Ou ses hommes, dans ce cas-ci. C'est réciproque, insista Paige.

– C'est vrai, lui répondit-il d'une voix grave et suave.

Elle prit un biscuit dans l'assiette et le trempa dans le brie doux et fondant. Elle le fourra dans sa bouche et ferma les yeux devant l'abondance du fromage.

– C'est de la bombe cette merde. Il faut que j'en achète.

– Je le prends dans un magasin spécialisé. Je t'en achèterai la prochaine fois que j'irai.

Bien sûr qu'il se le procurait dans un magasin spécialisé. Pourquoi achèterait-il son fromage au supermarché comme le reste des « gens normaux » ? Ceci la poussa à se questionner sur son passé. Elle se demandait s'il venait d'une famille bourgeoise. Était-il allé dans une école privée onéreuse ? Une université de l'Ivy League ? Si c'était le cas, pourquoi avait-il fini joueur de football dans l'équipe des Boston Bulldogs ? Pourquoi faire un sport qui mettait votre corps à rude épreuve, si vous aviez le cerveau pour vous asseoir à un bureau et gagner une fortune ? Pas de commotions cérébrales. Pas d'hématomes. Pas de bains de glace ni de massages toniques pour éliminer tous les nœuds et les tensions après un match brutal.

Puis cette cicatrice sur son torse...

La peau surélevée de son biceps droit n'était pas vraiment une cicatrice. Elle avait une forme spécifique, et elle l'identifia comme une marque laissée par un tison. Qui se marquerait au fer rouge ? Cela devait être de la torture. Elle avait vu un certain nombre de joueurs noirs de la NFL qui portaient les symboles de leurs fraternités universitaires. Mais ni Ty, ni Cole, ni Renny n'en avaient. Elle supposait que la marque liait pour la vie les membres de la fraternité.

Ils avaient tant à apprendre sur ce nouvel homme dans leur lit. Enfin ce soir, théoriquement, dans *son* lit. Elle voulait découvrir comment il était devenu l'homme qu'il était et ce qui le faisait vibrer.

Elle pouvait se livrer à une inquisition et le bombarder de questions, ou bien lui soutirer les informations au fur et à mesure. Elle supposait que cela dépendrait des informations qu'il voudrait bien leur révéler. Après les questions qu'elle lui avait posées lors de sa visite à l'exploitation de pelouse l'autre jour, elle se rendait bien compte qu'il n'était pas du genre bavard sur son passé.

– Parle-moi de la cicatrice.

Inconsciemment, il passa son doigt dessus et fronça les sourcils.

– Est-ce que je peux la toucher ? lui demanda Connor en se penchant.

Graydon le scruta un instant avant de hocher la tête. Pendant un moment, elle avait eu l'impression qu'il allait dire non.

Connor tendit la main au-dessus de Paige pour passer des doigts sur la crête irrégulière qui partait du bas de son cou jusqu'au milieu de son ventre.

Graydon resta immobile et laissa Connor le toucher.

– C'est terrible. Une opération du cœur ? s'enquit Connor en remontant sa main vers le cœur de l'autre homme et l'y laissant.

Les narines de Graydon se dilatèrent légèrement.

Paige ignorait si c'était à cause de la question ou de la main de Connor. Elle dévia son regard vers son entrejambe où l'érection de Graydon tendait la soie noire qu'il portait. Eh bien, la réponse se trouvait sous ses yeux.

Le regard de Graydon passa du bras de Connor au visage de Paige. Elle vit la lueur d'une question dans ses yeux.

Lui demandait-il la permission de toucher son mari ? Elle lui fit un léger signe de tête. Graydon se pencha et tendit la main pour saisir l'arrière de la tête de Connor, l'attirant plus près de lui. Connor ne résista pas lorsque Graydon rapprocha leurs lèvres, scellant sa bouche sur celle de Connor.

Les deux hommes qui s'embrassaient devant elle étaient le truc le plus sexy qu'elle ait jamais vu. L'excitation inonda immédiatement son centre. Elle se demanda qui avait la langue dans la bouche de qui alors qu'elle regardait leurs lèvres bouger, leurs mâchoires s'ouvrir et leurs yeux se fermer.

Paige souffla et s'adossa davantage contre la tête de lit pour mieux les voir, mieux regarder ce qu'ils faisaient. Elle voulut tendre la main, mais elle craignit de les interrompre. D'après la bosse qu'elle pouvait voir sous le jean de Connor, ils avaient pris la bonne décision. Ces hommes se désiraient l'un l'autre. C'était une bonne chose, car elle les désirait aussi tous les deux.

Connor descendit sa main, du cœur de Graydon jusqu'à son érection, passant ses doigts sur la soie de son bas de pyjama. Avant qu'elle ne puisse écarter l'assiette, Connor se mit à genoux et enjamba Paige, sans rompre le baiser.

Les longs doigts noirs de Graydon s'enroulèrent dans les cheveux blond cendré de Connor alors qu'il aidait ce dernier à se rapprocher.

Lorsque Paige put enfin attraper l'assiette, elle la posa sur la table de nuit, puis se décala pour laisser plus de place à Connor. Mais il ne s'installa pas entre elle et Graydon. À la place, il alla s'allonger entre les jambes de l'autre homme. L'un d'eux gémit lorsque Graydon écarta les cuisses pour accueillir le grand corps de Connor.

Connor rompit finalement leur baiser, ses lèvres brillantes et gonflées, ses yeux vitreux.

– Je veux essayer...

– Ça ? lui demanda Graydon, le regard ténébreux, alors

qu'il baissait suffisamment l'élastique de son pantalon pour que son érection en sorte.

Le gland de son membre était déjà luisant de précum.

Paige ressentit une pointe de jalousie en sachant que Connor serait le premier à goûter Graydon.

Connor palpa la longueur rigide. Bien que ses mains ne fussent pas petites, la bite de Graydon n'était toujours pas contenue dans la poigne de Connor. Celui-ci se décala suffisamment pour baisser la tête jusqu'à ce que sa bouche soit à un cheveu de la verge du grand homme.

Paige mâchonna sa lèvre inférieure. Connor n'avait jamais pris un autre homme dans sa bouche. Elle était inquiète que sa première fois fût avec quelqu'un de la taille de Graydon. Elle voulait que ce soit une expérience mémorable pour lui, pas un désastre.

Connor sortit sa langue pour lécher le liquide sur le bout. Puis, sans hésiter, il enroula ses lèvres autour du manche, imitant les mouvements qu'il avait probablement vu Paige faire sur lui.

Celle-ci ne voulut pas considérer l'étrangeté de ses pensées, mais elle se sentait fière de son mari qui suçait comme un as la bite de leur nouvel amant. Elle tourna alors le regard vers le visage de Graydon. Elle cligna des yeux.

Il la scrutait, un petit rictus sur le visage, tandis que la tête de Connor montait et descendait. Paige était tellement mouillée. Cela empira lorsqu'elle réalisa que Graydon l'observait. Il semblait étudier ses réactions.

Graydon laissa une main dans les cheveux de Connor et tendit l'autre, attrapant les longs cheveux de Paige et l'attirant vers lui. Il captura ses lèvres et l'embrassa fougueusement.

Elle gémit contre sa bouche et tendit la main à l'aveuglette jusqu'à ce qu'elle trouve la tête de Connor. Elle emmêla alors ses doigts dans ses cheveux, à côté de ceux de

Graydon. Sentir monter et descendre sa tête sous sa main alors qu'elle embrassait le deuxième homme lui fit serrer les cuisses. Elle voulut repousser Connor et monter Graydon jusqu'à avoir un petit orgasme. Rien que pour se soulager.

Au même moment, la tête de Connor ralentit et les bruits de gorge se calmèrent. Graydon s'écarta juste assez de Paige pour serrer les dents et fermer les yeux.

– Lâche-moi, sauf si tu veux que je vienne dans ta bouche.

Les mots étaient crus, ses doigts s'enfonçant davantage dans les cheveux de Paige alors qu'il se tendait.

Connor resta en place. Au lieu de cela, il s'immobilisa alors que les hanches de Graydon se soulevaient légèrement, un grognement s'échappant d'entre ses lèvres.

La chatte de Paige était trempée. Ses muscles se contractaient aux sons, à la vue, et à tout ce qu'impliquait le soulagement de Graydon et l'acceptation de Connor.

Au bout d'un moment, Connor releva la tête et la regarda.

Graydon tendit le bras et attrapa son biceps, le relevant pour déposer un ferme baiser sur la bouche de Connor.

Dès que Connor fut libre, Paige fit la même chose.

– C'était tellement torride, bébé, chuchota-t-elle après avoir embrassé son mari.

Graydon s'adossa à la tête de lit, les yeux mi-clos. Son corps se détendit alors qu'il caressait le dos de Connor d'une main. Après avoir passé un bras autour de Paige, il fit dériver ses doigts le long de ses côtes.

Elle replia ses jambes et se blottit contre lui. Elle repoussa une mèche rebelle du front de Connor alors qu'il le posait sur la cuisse de Graydon.

Paige leur fit un sourire.

– Je crois que je ne vais pas être la seule à être gâtée.

Chapitre Quatre

Partir du lit de Graydon l'autre soir avait été la chose la plus difficile qu'ils aient faite depuis longtemps. À contrecœur, Connor s'était décollé du nouvel homme de sa vie pour rentrer chez lui avec sa femme.

Ce qui ne semblait pas normal en soit. Il rit et secoua la tête. Mais il était heureux que la soirée se soit si bien passée. Il avait été nerveux avant de se rendre chez Graydon, mais lorsqu'ils étaient partis, il s'était senti détendu. Paisible même. Il avait hâte de le retrouver à nouveau. Il voulait explorer davantage cette nouvelle relation. Il était évident que Paige pensait la même chose.

Regarder Graydon prendre sa femme, la voir se briser alors qu'elle jouissait à maintes reprises lui avait aussi fait perdre la tête. Il avait été surpris les fesses à l'air. Littéralement.

Connor se sourit à lui-même. Même s'il était bicurieux depuis toujours, il n'était jamais passé à l'acte, mis à part quand il flirtait avec son beau-frère, Ty. En fin de compte, il n'avait pas été certain d'apprécier les rapports sexuels avec un autre homme. Oui, il avait été attiré par d'autres hommes. Mais faire une pipe ou à terme, coucher avec un homme lui avait semblé incertain.

Pourtant, ça lui avait fait du bien, lui avait donné l'impression d'être naturel, quand il avait pris Graydon dans sa bouche et qu'il avait avalé le sperme de l'homme. Cela ne l'avait pas dérangé le moins du monde. Il avait même pris plaisir à le faire. Il était également fier de ne pas avoir eu envie de vomir une seule fois.

— Qu'est-ce qui te fait sourire ? demanda Paige en lui donnant une tape sur le cul alors qu'elle passait à côté de lui.

– L'autre soir.

Paige se figea dans son élan et se tourna vers lui.

— Alors, on est bon, n'est-ce pas ?

— Bon ? Toi et moi ? Bien sûr.

— Eh bien, ça aussi. Mais je te demande plutôt si tu penses que c'est vraiment le bon.

— Je crois que oui, répondit-il. Mais ce n'était qu'une soirée.

— Tu ne m'as jamais demandé ce que je pensais de la situation.

— Paige. C'était inutile. J'ai tout vu. Il n'y avait que du plaisir sur ton visage pendant et de la satisfaction après.

Sans oublier l'excitation liée à l'anticipation.

Il adorait que sa femme soit assez enthousiaste pour entreprendre cette expérience avec lui. Son amour pour le sexe aidait assurément. Il ne s'inquiétait pas à l'idée que Paige et Graydon se voient quand il n'était pas là, car leur relation était solide. Ils étaient toujours aussi attirés sexuellement qu'au moment où ils s'étaient rencontrés. Il avait vraiment de la chance.

Sa femme arpentait la cuisine pour préparer le petit-déjeuner et il l'observait. Son cul, les rebonds de ses seins, le balancement de ses hanches et les mouvements de sa tête. Cela lui donna envie de la prendre juste là, sur le comptoir. Ou par terre. Ou sur la table de la cuisine.

— C'est quoi tes projets aujourd'hui ? lui demanda-t-elle, lui tournant toujours le dos.

Connor se mit derrière elle et l'entoura de ses bras, déposant un baiser sur son épaule nue. Il adorait quand elle portait de vieux débardeurs usés, sans soutien-gorge. Ses tétons appuyaient contre le tissu fin. Il en tordit un avec force.

— D'abord, je vais sûrement devoir te pencher et te baiser.

Elle tourna la tête et lui sourit.

— Ça ne prendra que cinq minutes. Et après ?

Cette fois, Connor lui donna une fessée, ce qui la fit sursauter et couiner. Puis, elle se mit à rire. Elle plaqua malicieusement ses hanches contre lui.

— Je ne sais pas. Tu veux faire un truc en particulier ? demanda-t-il.

— Appeler Graydon et faire de nombreuses fois l'amour ?

— D'accord. Mais je pense qu'il faut qu'on le rencontre à nouveau et qu'on en apprenne plus sur lui. Tu ne crois pas ?

— On peut faire ça entre deux parties effrénées de jambes en l'air, suggéra-t-elle, un éclat de rire dans la voix.

— Je préfère t'avoir pour moi tout seul ce matin.

Il remonta son débardeur sur ses seins, pétrissant la chair tendre.

— Éteins la cuisinière.

Elle fit ce qu'il demanda, puis se tourna dans ses bras pour lui faire face.

Connor frotta son érection contre elle.

— Ce n'est pas la gaule matinale, bébé, lui dit-il. C'est rien que toi.

— Mmmh. C'est ce que disent tous les hommes.

— Tous les hommes ? Juste un. Enfin, sans oublier Graydon maintenant.

Il la conduisit vers l'îlot central et le dégagea avec son bras avant de la soulever suffisamment pour qu'elle y pose ses fesses.

— J'aurais peut-être dû d'abord t'enlever ton pantalon, songea-t-il.

Passant ses doigts dans la ceinture de son pantalon de yoga, elle s'en extirpa en se tortillant. Elle le lui jeta à la tête en riant.

— Voilà.

Comme elle ne portait jamais rien sous son pantalon de yoga, elle n'eut qu'à écarter les genoux pour lui offrir un accès total. Elle lui adressa un sourire aguicheur et s'appuya sur ses coudes.

— Qu'est-ce que t'attends ?

Sa femme ne portait qu'un débardeur blanc, le rose foncé de ses tétons visibles à travers le tissu, un spectacle dont il ne se lasserait jamais. Elle était aussi sexy que le jour où il l'avait vue dans le stade où elle travaillait. Elle était sale, en sueur, et furieuse puisque Logan et elle étaient forcés de faire toute la pose du gazon. Mais, dès qu'il l'avait vue, il avait su qu'elle était la bonne. Bon sang !

— T'es magnifique, bébé, murmura-t-il contre ses lèvres.

Il embrassa sa bouche, son menton, puis son cou. Il remonta le débardeur sur ses seins et embrassa chacun d'eux avec douceur.

— T'aimes la brutalité de Graydon, n'est-ce pas ?

— Oui, avoua-t-elle d'une voix sifflante, déployant ses doigts autour de sa tête et l'attirant plus près.

— Tu veux que je le fasse aussi ?

— Connor, je veux que tu sois toi-même.

Il se débarrassa du long short qu'il portait et retira son caleçon. Son érection se posa à l'intérieur de la cuisse de Paige alors qu'il se décalait jusqu'à sentir sa chaleur et son excitation.

— Est-ce que je dois me sentir coupable de baiser ma femme sans que Graydon soit là ?

— Jamais, murmura-t-elle.

Il la pénétra lentement, savourant l'étroitesse chaude qui l'encerclait, une poigne humide serrant sa longueur. Chaque fois que Connor était à l'intérieur de sa femme, il se sentait chez lui. Avec un grognement, il s'installa au fond d'elle, s'immobilisant un instant. Ils avaient tout leur temps ce matin puisqu'ils n'avaient rien de prévu. Il voulait profiter de chaque seconde où il faisait partie de Paige.

Lorsqu'elle s'agita impatiemment sous lui, il commença à s'activer. Les jambes de Paige enveloppèrent sa taille pour l'attirer plus près d'elle, plus profondément.

— Patience, Paige. On n'est pas pressés.

Il déposa un baiser sur son ventre.

— Tais-toi et baise-moi.

Elle le faisait toujours rire, et ce fut ce qui se produisit. Paige ne mâchait jamais ses mots. Il resserra ses doigts autour de ses hanches et la maintint en place pour la pilonner, son corps secoué à chacune de ses impulsions.

Le portable de Paige vibra sur le comptoir, puis une deuxième fois, se rapprochant de l'endroit où ils se trouvaient. Il heurta les côtes de Paige et se tut.

Connor l'ignora, serrant les dents et accordant la totalité de son attention à sa femme. Ses cheveux tombèrent sur son front alors qu'il accélérait le rythme, arquant le bas de son dos. Ils se connaissaient parfaitement. Il savait ce qu'elle aimait et ce dont elle avait besoin pour jouir. Il inclina légèrement ses hanches et enfonça davantage ses doigts dans sa chair. Il laissa tomber sa tête sur sa poitrine et ferma les yeux. Les sons qui sortaient de la bouche de Paige allaient provoquer sa perte. Elle se contracta plus fort. Ses jambes, ses bras, sa chatte, jusqu'à ce qu'il ne puisse plus se retenir.

Heureusement, Paige se tendit.

— Je viens, cria-t-elle au moment où il se répandait au fond d'elle.

Il se figea, et le corps de Paige s'affaissa sous lui. Elle poussa alors un long soupir.

— Je prendrais ce genre de petit-déjeuner tous les jours de la semaine, murmura-t-il contre sa peau brûlante.

— Mmm, ouais. Je confirme.

Elle passa une main sur son front pour essuyer la sueur. Elle n'était pas pressée de bouger, et lui non plus.

Son téléphone sonna alors à nouveau, contre son flanc. Elle lâcha un juron et l'attrapa, jetant un œil à l'écran.

— Merde, murmura Paige en lisant le message.

Puis, elle lui tendit le téléphone.

Graydon. Il les invitait sur son bateau pour la journée, car il faisait exceptionnellement chaud pour le printemps.

— C'est comme s'il savait ce qu'on faisait.

Connor se sentit soudain coupable, même s'il savait que c'était ridicule. Il s'écarta de Paige, attrapa quelques essuie-tout mouillés pour s'éponger, et lui en tendit une poignée.

— C'est dingue, dit Paige en se laissant glisser du comptoir pour remettre son pantalon de yoga.

— Pas vrai ?

— Désinfecte le comptoir pendant que je finis de préparer le petit-déjeuner.

— J'ai plus faim que jamais maintenant, dit-il.

Paige jeta un œil vers le cadran de la cuisinière.

— Tu vois ? Cinq minutes.

— Très drôle.

En réalité, ça ne l'était pas. D'autant plus qu'il y avait désormais un autre homme qui semblait avoir un meilleur contrôle que lui.

Paige lui tapota le bras alors qu'il tirait sur son short.

— Ce n'est pas une compétition, chéri. Je t'embête, c'est tout.

— Je sais.

Mais il ne se sentit pas mieux pour autant. Ils ne pouvaient pas ignorer le message de Graydon.

— Tu veux y aller ?

— On est samedi. T'es en ville. On n'a rien de prévu.

Elle regarda par la fenêtre au-dessus de l'évier.

— On dirait qu'il va faire beau. Alors, je suis partante.

— Tu veux lui répondre ?

Avant que Paige ne puisse envoyer un message, le téléphone vibra à nouveau. Elle regarda l'appel entrant et fit glisser son doigt sur l'écran.

— Hé, j'allais justement te répondre par message.

Connor observa un éventail d'émotions traverser le visage de sa femme alors qu'elle parlait à Graydon. Il commença à s'impatienter en entendant une seule partie de la conversation. Il articula silencieusement « *haut-parleur* » et elle s'exécuta.

La voix grave et intense de Graydon franchissant le petit haut-parleur leur indiqua l'adresse où le retrouver.

— Tu veux qu'on apporte quelque chose ? demanda Paige.

— Juste vous. Je m'occupe du reste. Ne prenez pas non plus vos maillots de bain. L'eau est trop froide.

La dernière chose dont Connor avait besoin, c'était d'aller dans l'eau froide et de se flétrir comme une cacahuète en face de l'homme qui était clairement plus gros que lui. Il n'était déjà pas très ravi par ses performances matinales.

— OK. À quelle heure veux-tu qu'on se retrouve ?

— À une heure. Je vous attendrai sur le parking du club nautique et vous accompagnerai jusqu'au quai puisqu'il faut une carte pour y accéder.

Paige zieuta dans sa direction pour voir s'il pensait la même chose qu'elle. Club nautique. Carte magnétique. Ce n'était probablement pas un petit zodiac.

— Ça me paraît bien. On sera là à une heure.

— Ne la laisse pas être en retard, Connor, l'avertit Graydon.

Bordel ! Étrangement, il savait qu'ils venaient de faire l'amour. Paige ne le lui avait pas dit puisque Connor s'était trouvé à ses côtés dans la cuisine.

— Je ne suis jamais en retard, se plaignit Paige.

— Connor ?

— On sera à l'heure, gloussa-t-il. Je te le promets.

Graydon raccrocha sans même dire au revoir.

<hr>

Paige était assise au niveau de la proue du bateau, ses cheveux flottant derrière elle alors que son visage était levé vers le soleil. Bien qu'il fît plus chaud qu'un jour habituel de printemps, la brise sur le lac était un peu plus fraîche, mais tout de même agréable. Le froid glacial de l'hiver avait disparu depuis longtemps et les journées chaudes et humides arrivaient à grands pas. Elle espérait que leur nouvel amant les emmènerait à nouveau sur son bateau lorsqu'il ferait assez chaud pour se baigner.

La taille de l'embarcation était impressionnante, même s'il ne s'agissait pas d'un yacht. Il était suffisamment large pour transporter un grand nombre de personnes. Il comportait une cabine principale, que Graydon appelait la chambre à coucher, une cuisine et une salle d'eau en dessous. Tout était impeccablement propre et toutes les surfaces en acier inoxydable brillaient. Il semblait très méticuleux avec ses biens.

Elle était persuadée que cela s'appliquait aussi à ses « possessions » humaines.

Tandis qu'elle profitait de la vue pendant qu'il dirigeait le bateau autour du lac, Connor était derrière la barre avec Graydon, qui lui enseignait les moindres détails de la navigation de plaisance.

Paige décida de rester à l'écart pendant que les deux hommes apprenaient à mieux se connaître.

Graydon avait été ravi de les voir arriver avec quelques minutes d'avance et les avait accueillis avec un grand sourire. Il l'avait embrassé tout de suite sur les lèvres, s'attardant plus longtemps qu'un baiser habituel pour dire bonjour. Puis, il avait serré la main de Connor. Elle avait supposé que cela aurait été bizarre s'il avait également embrassé Connor pour le saluer.

Quel était le protocole pour saluer un autre amant masculin, surtout après que Connor eut mis sa bouche sur la bite de Graydon et avaler sa semence ?

Existait-il des convenances après une fellation ?

Paige se mit à rire sous le vent qui balaya les cheveux de son visage. À la fin de la journée, ils seraient pleins de nœuds, mais elle s'en fichait. Inspirant profondément l'air frais, elle se sentit complètement détendue et sereine..

Graydon s'approcha d'elle par le bâbord du bateau. Le terme nautique était la toute première chose qu'il leur avait apprise. Le bâbord était le côté gauche, le tribord était le côté droit, la proue à l'avant et la poupe à l'arrière. Si c'était les seules choses qu'elle apprenait aujourd'hui, cela ne la dérangeait pas. Laissons les hommes faire leurs trucs virils.

Elle tourna la tête, ses cheveux lui fouettant le visage, pour le regarder avancer avec aisance le long de la passerelle qui menait à la proue, et ce, même si l'eau était un peu agitée.

Il portait un autre Odlo dont les manches longues étaient remontées jusqu'au milieu de ses bras musclés, mais cette fois-ci, il était d'une couleur rose, peut-être saumon. Cette nuance mettait en valeur le teint foncé de sa peau, ce qui en faisait ressortir les tons aubergines. Oui, il ne semblait pas être le genre d'homme à s'inquiéter d'être jugé parce qu'il portait du rose. Davantage d'hommes porteraient cette couleur s'ils étaient aussi beaux que lui.

Ses épaisses jambes musclées étaient enfermées dans un jean noir et ses pieds étaient nus. Il s'installa à côté d'elle sur le centre surélevé de la proue, la décalant avec sa hanche.

— Tu ne devrais pas conduire ce truc ? demanda-t-elle, surprise et un peu inquiète qu'il ait laissé son mari aux commandes.

— Connor s'en charge.

— Vraiment ? T'es sûre de vouloir le mettre aux commandes de ce bateau d'au moins une centaine de milliers d'euros ? J'espère que t'as une assurance.

Graydon gloussa, ses lèvres s'élargissant assez pour révéler ses dents d'une blancheur éclatante.

— Il s'en sortira. On est en eaux profondes. Il n'y a rien d'autre à heurter, à part un autre bateau.

— Oh, c'est rassurant.

Graydon tendit la main vers elle et glissa une mèche de cheveux derrière son oreille, mais ne s'y attardant pas.

— Ne mords pas ta lèvre. On devrait être les seuls à la mordre, Connor et moi.

Paige ne s'était même pas rendu compte qu'elle le faisait. Mauvaise habitude. Elle s'arrêta brusquement.

— Je préfère. T'as une magnifique courbe de lèvres, faites

pour donner du plaisir à un homme.

— Comme Connor l'a fait avec toi ? demanda-t-elle en lui souriant.

Il resta silencieux un moment et détourna le regard vers l'eau. Avait-il honte d'aimer les hommes ? Il n'avait pas vraiment évoqué le sujet. Ce qui semblait assez étrange. Non. C'était impossible. Cet homme ne pouvait pas avoir honte de ce qu'il faisait. Il était du style à assumer toutes les décisions qu'il prenait.

Il se retourna enfin vers elle et passa son pouce sur sa lèvre.

— J'ai hâte que tu fasses ce qu'il a fait. Peut-être quand on s'arrêtera dans l'une des criques isolées et qu'on jettera l'ancre.

Elle frissonna d'impatience.

— Tout ce qu'il t'a fait, c'est moi qui le lui ai appris, je te signale. N'oublie pas que t'es le premier homme pour lui.

— Je n'ai pas oublié.

Il lui saisit la nuque et lui fit basculer la tête en arrière pour la fixer intensément dans les yeux.

— Pourquoi tu n'as pas répondu la première fois que j'ai appelé ce matin ?

— Je préparais le petit-déjeuner.

Les doigts de Graydon s'enfoncèrent vigoureusement dans sa peau.

— C'est tout ?

— Non, répondit Paige dont la respiration s'accéléra.

— Est-ce qu'il te baisait ?

Son cœur battait la chamade.

— Oui.

— Où ?

— Dans la cuisine.

— Où ?

— Sur l'îlot.

Soudain, elle imagina Graydon qui la prenait sur le comptoir, ses muscles se tendant alors qu'il la pénétrait, l'amenant jusqu'à l'orgasme.

— T'as joui ?

— Oui, dit-elle d'une voix essoufflée.

— Combien de fois ?

— Une fois.

Graydon se pencha et effleura doucement ses lèvres avec les siennes.

— Je t'aurais fait jouir au moins deux fois, rétorqua-t-il en la relâchant brusquement.

Elle déglutit et reprit ses esprits.

— Comme j'ai dû le rappeler à Connor, il ne s'agit pas d'une compétition. Ça ne marchera pas sinon.

— C'est vrai. Cependant, on avait dit que tant que j'étais en ville, je devais être inclus. Quand Connor est en ville, il doit l'être.

Paige fit une moue.

— Oui, en effet. Mais c'était une impulsion, sur le moment.

— Donc si je te prenais ici, sur la proue du bateau, tout de suite, Connor serait d'accord ?

— Je ne sais pas.

— Est-ce que je dois aller lui demander ?

— Non, répondit Paige en fronçant les sourcils.

— Alors, tu comprends mon problème ?

— Oui.

— Il a plus accès à toi puisque vous vivez ensemble. Ça peut être un problème.

La dernière chose que Paige voulait, c'était d'emménager avec un homme qu'elle venait de rencontrer. Elle savait que Connor n'accepterait pas non plus. Mais elle comprenait ce qu'il voulait dire. Grâce à la relation de Logan, elle savait que les choses devaient être égalitaires et ouvertes. Autrement, la relation de Logan, Ty et Quinn aurait déjà échoué. Ils savaient comment équilibrer les choses entre eux.

Elle allait peut-être devoir discuter avec son frère.

Non. Beurk.

Avec Quinn peut-être. Oui, c'était plus logique de voir avec Quinn. Paige était assez proche de sa belle-sœur pour lui poser ce genre de questions.

— Qu'est-ce que tu suggères ? demanda-t-elle à l'homme qui scrutait son visage avec attention.

Elle maîtrisa l'expression de son visage.

— Je vais y réfléchir.

Fais ça.

— Excuse-moi, je vais prendre la barre. Je vais nous emmener dans une crique où l'on pourra profiter du déjeuner que j'ai fait préparer spécialement pour nous.

Il se pencha vers elle et l'embrassa plus intensément cette fois, sa langue dérapant sur ses lèvres avant qu'il s'écarte et se lève en faisant craquer sa colonne vertébrale.

— Détends-toi et profite du voyage. On devrait arriver à destination dans une quinzaine de minutes.

À vos ordres, capitaine.

Elle résista à l'envie de le saluer.

— Graydon, appela-t-elle alors qu'il commençait à retourner vers la poupe.

Il se tourna légèrement vers elle.

— Merci pour cette journée. Pour aujourd'hui.

Graydon inclina la tête.

— La journée n'est pas encore terminée.

Il poursuivit son chemin, la laissant seule sur la proue.

Non, la journée n'était assurément pas terminée. Paige se demandait ce qu'il avait prévu pour la suite.

Chapitre Cinq

Gray but le champagne Cristal qu'il avait versé, les framboises au fond de la flûte faisant remonter les bulles dans la coupe délicate. Ils étaient tous les trois assis à l'arrière du bateau, détendus, repus après s'être remplis du déjeuner qu'il avait apporté.

Il aimait ce bateau, mais il ne l'utilisait pas assez. En revanche, c'était l'excuse parfaite pour passer du temps avec Paige et Connor. D'habitude, il sortait seul pour s'évader du travail. Parfois, il jetait l'ancre dans une crique et passait la nuit dans la cabine. Il trouvait un bon sommeil en étant sur l'eau. Parfois, il en avait simplement besoin pour dormir comme une souche.

Depuis qu'il avait rencontré le couple marié, il avait eu du mal à dormir. Aujourd'hui, il avait simplement l'intention de naviguer pour la journée, à moins qu'il ne les dépose et ne revienne tout seul. Une perspective qu'il devrait peut-être envisager.

Il devait également méditer sur les relations sexuelles spontanées de Connor et Paige puisqu'ils vivaient ensemble.

Ce qui lui avait posé problème dans son ancien trouple, c'était qu'il était devenu la cinquième roue du carrosse. Il ne souhaitait pas que cela se reproduise.

Dès le départ, Paige l'avait attiré immédiatement. Après l'avoir aperçue à l'autre bout de la pièce à la fête d'anniversaire de Ty, il n'avait pas cessé de penser à elle. Une obsession. Il n'avait jamais été du genre à faire une fixette sur les gens ou les choses. Du coup, il était perturbé. Honnêtement, il avait été pris au dépourvu.

Cependant, Connor faisait partie du tableau, ce qui lui convenait parfaitement. Le jeune homme était attrayant et intelligent. Mais la vraie raison pour laquelle il pouvait composer avec Connor, c'était qu'il appartenait à Paige.

Lorsqu'il avait vu Paige le fixer ce soir-là, les choses n'auraient pas été plus faciles pour lui. À ce moment-là, il était loin de se douter que Paige était la sœur de Logan. Il devait donc agir avec prudence. Il ne voulait surtout pas qu'un frère en colère lui fasse la peau, sans oublier que c'était son ami. Il n'avait pas beaucoup d'amis. Alors il tenait et souhaitait garder ceux qu'il avait.

L'autre nuit s'était mieux déroulée qu'il ne l'avait prévu. Il avait possédé Paige et, par chance, Connor ne s'était pas affolé de la proximité avec un autre homme. Cette possibilité avait particulièrement inquiété Gray. Si Connor se défilait, il devrait renoncer à ses projets avec Paige. Ce serait dommage.

D'autant plus qu'il avait du mal à lâcher ce qui lui appartenait. Ou ce qui *devrait* être à lui.

Mais s'il le fallait, il réussirait. Même s'il ne serait pas ravi du résultat, bien sûr.

Le couple se détendait maintenant, l'estomac plein, et sirotait du champagne tandis que le bateau flottait tranquillement dans la crique où il avait jeté l'ancre. Il connaissait bien cette calanque, car c'était l'un de ses endroits préférés pour dormir.

Paige avait la tête penchée en arrière contre la banquette, les yeux fermés, laissant le soleil chauffer son visage. Connor avait avalé la moitié de sa flûte de mousseux et le regardait fixement.

Gray fit semblant de ne pas le remarquer. Laissant l'homme le fixer. Il voulait que le mari de Paige se sente parfaitement à l'aise avec lui.

Connor pouvait disposer de Paige où et quand il le souhaitait. Il devait donc encore résoudre ce problème. Il pouvait les faire emménager provisoirement chez lui, mais ils n'accepteraient peut-être pas. Ou il pouvait s'installer chez eux ? Gray ignorait où ils vivaient, ne savait pas non plus si leur maison était assez grande pour tous les loger.

Gray avait l'habitude de prendre d'importantes décisions sans avoir à consulter qui que ce soit d'autre. Les propriétaires et les entraîneurs des Bulldogs lui faisaient entièrement confiance. Il savait repérer les gens talentueux et possédait aussi cet instinct qui était important dans son secteur. Cet instinct lui avait permis de décrocher de multiples promotions jusqu'à ce qu'il finisse responsable du service de recrutement universitaire de l'équipe. Ses subordonnés s'adressaient à *lui* pour obtenir des conseils et avoir son approbation pour recruter un joueur universitaire. Au fil des années, il avait constitué une solide équipe de recruteurs et de personnel de soutien. Il n'avait aucun problème à se débarrasser des faibles. Au boulot comme dans sa vie privée. Malgré tout, il ne pensait pas que le couple aime qu'il décide seul de leur lieu de résidence. Même si l'arrangement n'était que temporaire.

Il finit par croiser le regard de Connor.

— À propos de ce matin... commença Connor.

Gray fit un geste de la main, faisant comme si ce n'était rien. Pourtant, ça le dérangeait plus qu'il ne voulait l'admettre.

— Je pensais que tu avais compris les conditions que nous avions définies.

Il employa un ton plus doux que ce qu'il voulait. Il ne voyait aucune raison d'être rancunier à ce stade.

— Je les comprends, répondit Connor en serrant un peu plus fort le pied de son verre. Mais c'est ma femme.

— Oui, c'est vrai.

Il comprenait où Connor voulait en venir, car si Paige était sa femme, il ressentirait la même chose.

Mais elle ne l'était pas.

Du coin de l'œil, Gray remarqua que Paige ouvrait les yeux et levait la tête pour les écouter.

— J'ai l'habitude de la prendre quand je le souhaite.

La dilatation des narines de Connor lorsqu'il parlait fit croire à Gray que celui-ci partagerait difficilement.

— Je comprends.

— Je ne peux pas promettre que ça ne se reproduira pas.

Cela ressemblait à un défi.

Gray se redressa un peu, les muscles de son dos se raidissant. Il posa sa flûte avant qu'elle éclate entre ses doigts.

— Alors cette relation prendra fin avant même d'avoir commencé. C'est ce que tu veux ?

Connor regarda Paige qui, à son tour, étudia Gray. Sûrement pour voir s'il était sérieux ou non.

Gray était très sérieux. Il ne blaguait pas.

— On doit avoir le même accès les uns aux autres. Notamment, au début, pour voir si ça marche ou pas.

— Et qu'est-ce que tu proposes ?

Il était ravi que Connor semble ouvert à des suggestions. Gray jeta un coup d'œil vers Paige.

— Dans l'immédiat, vous pourriez vous installer chez moi. C'est grand. Ce serait provisoire, à moins que les choses... évoluent.

Paige et Connor échangèrent un regard.

— Je ne sais pas, finit par répondre Connor.

La réponse même à laquelle Gray s'attendait.

— Ce n'est pas une décision facile à prendre, je sais. Mais comme il ne s'agit pas d'une relation classique, je n'ai pas d'autres recommandations. À part que j'emménage avec vous deux. Temporairement, bien sûr.

Connor jeta à nouveau un coup d'œil fugace à sa femme, comme s'ils communiquaient silencieusement.

— Tu sembles être un homme qui aime son intimité.

— En effet.

— Alors, ça ne te dérangerait pas qu'on vive ensemble, tous les trois... temporairement ? demanda Connor en plissant les yeux.

Gray put discerner la méfiance dans son expression et l'entendre dans ses paroles.

— Encore une fois, ce ne serait que provisoire pour l'instant.

Il était assurément trop tôt pour prendre une décision définitive.

— On devrait d'abord en discuter, dit Paige, ne s'adressant pas à Gray, mais scrutant Connor.

— Je suis d'accord. Donne-nous le temps d'y réfléchir, ajouta Connor, avant d'avaler le reste de son Champagne.

Gray se leva machinalement pour remplir sa flûte, comme le ferait tout bon hôte.

— Bois ton champagne, Connor. Je ne vous ai pas amenés ici uniquement pour déjeuner.

Il ferait mieux de ne pas attendre plus longtemps. Il se tenait entre les deux raisons pour lesquelles il les avait invités sur son bateau. En effet, il souhaitait à nouveau tâter le terrain avec les deux. Cette fois-ci, il avait l'intention de mettre Connor en action dès le début. Repousser les limites de l'homme permettrait à Gray de voir s'il craquait après les rapports physiques qu'il avait prévus.

Gray soupira en regardant l'homme engloutir le contenu de son verre. Il n'y a rien de tel que de voir quelqu'un boire du champagne hors de prix comme si c'était de la bière.

Mais lorsque Connor redressa sa flûte vide, l'homme lui fit un sourire animé.

Gray l'interpréta comme un signe d'acceptation.

— Sous le pont ou ici ? Les invités choisissent.

— En dessous, répondit rapidement Connor, une pointe de nervosité dans la voix.

Gray lui tendit la main et Connor la prit, ses longs doigts fermes serrant vigoureusement ceux de Gray. Connor n'avait rien d'une mauviette, et il aimait cela. Il détestait les faibles. Gray comprenait la nervosité devant l'inconnu, mais il ne tolérait pas la véritable faiblesse.

Gray fit un mouvement de bras en direction de la trappe qui menait à la cale.

— Après toi.

Il regarda Connor descendre les marches et se tourna vers Paige. Il lui tendit la main.

— Paige.

Paige l'accepta, laissant Gray la mettre debout et la serrer contre lui. Il écrasa ses lèvres contre les siennes pendant quelques secondes, puis la relâcha pour la regarder dans les yeux.

— Je vais tester ton mari aujourd'hui pour m'assurer que c'est vraiment ce qu'il désire. Sinon, c'est inutile qu'on aille plus loin.

Elle acquiesça sans rompre leur contact visuel. Il aimait

cela chez elle. Elle ne paraissait jamais assez intimidée pour détourner le regard. Ou même reculer. Elle faisait de son mieux. Il avait toujours été attiré par les femmes qui avaient du cran.

— Ça me va. Mais s'il dit non, tu dois arrêter immédiatement.

— Bien sûr, assura Gray en haussant les sourcils.

Il n'ignorerait jamais un refus. Il ne s'imposerait jamais à quiconque.

— Et tu peux toujours dire non, toi aussi.

Paige lui fit un petit sourire, comme si rien de ce qu'il pouvait lui faire ne lui ferait dire non.

— Et toi aussi.

Gray gloussa et hocha la tête. Il la conduisit jusqu'à l'écoutille, l'aidant à descendre les marches abruptes. Lorsque ses yeux s'adaptèrent à la pénombre, il vit Connor sortir des toilettes. Gray étudia l'homme. Ses cheveux d'un blond cendré mi-longs, même s'il les préférait plus courts. Les traits virils de son visage. La ligne saillante de sa mâchoire. La largeur des épaules de l'homme. Pas aussi larges que les siennes, mais Gray n'avait aucune envie de coucher avec quelqu'un d'aussi baraqué que lui. Connor était un homme séduisant qui avait tout pour lui. Complémentant bien Paige.

Gray avait eu de la chance de se retrouver dans cette situation, mais il voulait procéder avec prudence. Il souhaitait s'assurer que les échecs de sa dernière relation polyamoureuse ne se répètent pas. Il pointa du doigt la cabine située à l'avant du bateau.

Connor suivit ses instructions, Paige suivant son mari.

Gray fut accablé par une violente envie de jeter Paige sur le lit et de la prendre sur-le-champ. Pas de mots ou d'actions raffinés, juste du sexe à l'état brut. Il voulait se propulser sans réfléchir entre ses jambes, sentir son fourreau chaud et humide l'envelopper fermement tandis qu'il agrippait sa longue chevelure foncée.

Sa bite approuva ses pensées en durcissant dans son jean. Mais ce désir précis devrait attendre. Pour le moment, il devait se concentrer sur Connor.

La cabine était exiguë, le lit occupant la majeure partie de la pièce étriquée. À eux trois, ils seraient à l'étroit. Après tout, l'idée était d'être proches les uns des autres. Paige grimpa sur le matelas pour permettre aux hommes de rester debout sur le plancher restreint. Même ainsi, il n'y a pas un grand espace. Ils étaient suffisamment proches pour sentir leurs respirations.

— Mets-toi face au lit, ordonna-t-il à Connor.

Celui-ci s'exécuta sans un mot.

Le grand dos de l'homme face à lui, Gray prit son temps pour le déshabiller. Il passa ses doigts dans ses cheveux blonds, le long de son cou. Avec une cruelle lenteur, il retira le haut à manches longues de Connor. Gray fit dériver ses doigts sur la peau de Connor, le long de sa colonne vertébrale, autour de sa taille. Il jeta le maillot dans un coin de la pièce et commença à déboutonner le jean de Connor, le défaisant avec beaucoup de patience, sentant l'érection de l'homme sous ses doigts.

Avec ses deux paumes, Gray descendit le jean et le caleçon suffisamment bas pour libérer la longueur rigide de l'homme. Puis, passant ses bras autour de Connor par l'arrière, Gray le prit dans sa main. Il caressa la peau de velours avec tant de délicatesse que cela l'aurait rendu fou si quelqu'un lui avait fait la même chose.

Le précum perla au niveau du gland de Connor et Gray l'étala sur la tête gonflée de son sexe. Gray plaque son érection contre le cul de l'homme encore recouvert de son jean.

Le fait de penser à la virginité de ce cul donna un peu le

vertige à Gray. Il serait le premier - et peut-être le seul - homme à explorer cet endroit. D'une certaine manière, ce serait un privilège d'être son premier. *S'ils* en arrivaient là...

L'autre homme pouvait dire non à tout moment. Comme Gray l'avait dit à plusieurs reprises, il respecterait cette décision sans problème.

Jusqu'à présent, Connor ne montrait aucun signe de vouloir l'arrêter.

Paige s'était décalée sur le lit pour s'adosser contre la coque du bateau, les observant tous les deux. Ses yeux étaient mi-clos et sombres, ses lèvres légèrement entrouvertes. Sa poitrine se soulevait et s'abaissait un peu plus rapidement que d'habitude, car elle se délectait du spectacle qui s'offrait à elle.

Il reporta son attention sur l'homme face à lui.

Connor avait placé sa main sur celle de Gray pour accompagner le mouvement de haut en bas sur sa longueur rigide, ses hanches suivant le rythme.

Gray plaça sa bouche au sommet de la colonne vertébrale de Connor, suçant, léchant et mordillant la peau lisse et sans défauts. Il continua de branler la bite de Connor avec sa main.

Connor fit un bruit et s'injecta plus fort entre ses doigts.

Gray s'éloigna, ne voulant pas qu'il jouisse si vite. Il s'écarta pour enlever son Odlo et défaire son jean.

Connor se tourna vers lui, les joues rougies, les yeux aussi ténébreux que ceux de Paige.

— Embrasse-moi, dit-il d'une voix brisée.

Gray s'exécuta en prenant sa bouche avec férocité, forçant l'ouverture des lèvres de Connor et explorant sa bouche avec sa langue. Connor gémit et sa langue trouva celle de Gray, s'emmêlant et tournoyant, ce qui fit encore plus bander Gray.

Il trouvait Connor attirant, oui. Mais le renfort brutal de son désir le surprit. Il n'avait pas été avec un autre homme depuis longtemps. Il n'en cherchait jamais activement. Parfois, ils l'approchaient. Gray ignorait ce qui le faisait avoir un penchant pour les amants masculins. Il n'était pas ouvertement gai, ni même ouvertement bi. Comme Connor l'avait dit plus tôt, Gray aimait la discrétion. Surtout lorsqu'il s'agissait d'intimité et des personnes qu'ils fréquentaient. Il ne prenait pas non plus le sexe à la légère. Il n'était pas un tombeur et ne l'avait pas été depuis longtemps. Il s'était lassé du train de vie de sa jeunesse. Il l'avait trouvé peu satisfaisant à bien des égards.

Il préférait les relations sérieuses. Il aimait apprendre les moindres détails du corps de son partenaire.

Comme Paige.

Et Connor.

L'homme dans ses bras essayait maintenant d'enlever son jean sans rompre leur baiser.

Gray engloutit le grognement de Connor alors qu'il réussit à baisser son jean et son caleçon jusqu'à ses genoux. Le jean décida cependant de résister à cet endroit. Gray sourit, cassant leur connexion, et aida Connor à se déshabiller complètement. Connor fit de même avec lui. Lorsqu'ils se retrouvèrent enfin proches l'un de l'autre, totalement nus, leurs ardeurs se trouvèrent l'une l'autre comme s'il s'agissait d'aimants.

Gray saisit les couilles de Connor dans sa main, les caressant et les pressant doucement. Connor était bien rasé, un effort que Gray appréciait. Lui aussi était très attentif à son rasage. Il lui donna un léger coup de coude, et Connor comprit le message. Il s'assit au bout du lit, les cuisses bien écartées. Gray s'agenouilla entre elles, prenant Connor dans sa main, puis dans sa bouche.

Gray leva les yeux vers le corps de Connor alors qu'il s'affairait sur son érection avec sa bouche. Il voulait voir toutes les réactions de Connor, entendre chaque exclamation et chaque soupir. Donner du plaisir à un partenaire était le summum de l'excitation pour Gray. Ses couilles se contractèrent alors et sa bite durcit comme l'acier.

Connor retomba sur ses coudes, la tête en arrière, la bouche grande ouverte. Il haletait à chaque passage de ses lèvres et ses hanches se soulevaient légèrement à chaque coup de langue. Gray effleura la couronne de la bite de Connor avec ses dents et fut ravi de voir l'autre homme tressaillir par ses manigances.

Saisissant la base de l'érection de Connor, il fit une sorte d'anneau pubien avec deux doigts. Il serra jusqu'à ce que la chair dure de Connor s'assombrisse, puis il l'avala au fond de sa bouche une nouvelle fois.

Gray aimait faire des fellations à d'autres hommes, mais il ne s'arrêtait jamais là. Plus il suçait la longueur de Connor, plus il était tenté de retourner l'homme et de le posséder comme il l'avait fait avec Paige. Mais il savait que le moment n'était pas venu, pas encore. Connor aurait besoin de plus de préparation. La première fois en sexe anal pouvait être désagréable, comme quand une femme perdait sa virginité. Bien fait, cela se passait bien. Mal fait ? Cela pouvait rebuter Connor.

Gray desserra ses doigts pour que le sang circule à nouveau dans le membre de Connor.

— T'as déjà pratiqué le sexe anal ? demanda-t-il en s'écartant.

Les yeux de Connor s'ouvrirent et il leva la tête pour regarder Gray de l'autre côté de son corps.

— Oui.

— Avec Paige ?

— Oui.

— T'as aimé ?

— J'ai adoré, dit Connor alors qu'un frisson le traversait. Et elle aussi.

Le regard de Gray dévia vers Paige. Il avait dû être tellement absorbé sur le plaisir oral qu'il prodiguait à Connor qu'il n'avait pas remarqué qu'elle s'était déshabillée.

Assise, les genoux pointés vers l'extérieur, une main jouait avec un sein, l'autre était enfouie entre ses cuisses.

Gray ne put s'empêcher de déglutir. Il inspira profondément, l'oxygène soudainement insuffisant dans l'espace restreint. Cette femme provoquerait sa perte. Il voulait que son visage prenne la place de la main de Paige. Il désirait la déguster alors qu'elle jouissait dans sa bouche.

Il s'efforça de ramener son attention sur Connor. Mais, au lieu de cela, Paige continua d'attirer son regard. Il reprit Connor dans sa bouche et se décala entre les cuisses de l'homme pour voir Paige se masturber pendant qu'il donnait du plaisir à son mari.

La situation n'était pas tout à fait insoutenable. Pas encore. Mais elle le serait bientôt. Il allait vite devoir s'enfouir au fond de l'un ou de l'autre. Et comme il n'avait pas de lubrifiant sur le bateau, Connor devrait attendre.

La tête de Connor retomba sur le matelas et il agrippa les draps entre ses doigts. Gray scella fermement ses lèvres autour de la longueur d'acier et aspira, ses joues se creusant.

— Putain... Oh putain, marmonna Connor, sa tête roulant d'un côté et de l'autre.

Paige ne quitta pas Gray des yeux tandis que la tête de celui-ci montait et descendait. Elle serra les dents et grimaça tandis que sa main bougeait frénétiquement entre ses jambes.

Gray ne pouvait qu'imaginer à quel point elle était mouillée et chaude tandis que ses doigts plongeaient entre les lèvres pulpeuses de sa douce chatte, et ressortaient. Il ne tarderait pas à se retrouver lui-même au même endroit.

Avec un brutal coup de reins, Connor cria qu'il allait jouir et Gray se prépara. En l'espace d'une seconde, le sperme de Connor jaillit au fond de sa gorge et il l'avala avec habileté. Il relâcha la bite de Connor quand elle cessa de pulser. L'homme poussa un grand soupir alors que son corps devenait inerte, étendu au pied du lit.

Calant ses mains sur les cuisses de Connor, Gray se mit debout. Atrocement dure, son érection demandait à être soulagée. La tête suintait d'excitation, l'extrémité luisante.

Il la saisit et la caressa une fois, deux fois, avant de grimper sur le lit et de s'approcher de Paige.

Elle avait joui en même temps que Connor. Sa tête était maintenant posée contre la paroi du bateau, son souffle haletant, ses mains aussi immobiles que Connor.

Mais ce dernier n'était pas aussi épuisé que Gray l'avait cru. L'homme roula sur le côté pour regarder Gray s'approcher de sa femme. Tirant Paige à genoux, il la plaça au centre du lit, tandis que Connor se décalait sur le côté pour leur faire de la place.

— Je te veux à quatre pattes, lui indiqua-t-il.

Sans un mot, Paige s'exécuta, ce qui permit à Gray de la pénétrer par derrière tout en faisant face à son mari.

Gray l'avait mise volontairement comme ceci. Il voulait que Connor puisse voir leurs deux visages lorsque Gray la prendrait en levrette.

— T'as déjà testé la sodomie ? demanda Gray.

— Oui.

Sa réponse était suave, mais, à l'inverse, son corps s'était nettement tendu.

— Il y a combien de temps ? s'enquit Gray en chassant l'expression satisfaite de son visage.

— Pas depuis l'université.

Il leva les yeux vers Connor, surpris.

— Elle ne l'a jamais proposé, dit-il en haussant les épaules.

L'homme attendait qu'elle lui propose au lieu de s'emparer de ce qui lui appartenait ? Quel idiot ! On n'obtiendrait jamais ce que l'on désire sans essayer, pensa Gray. C'était sa première règle vers la réussite.

Il tendit la main vers l'un des petits placards au-dessus du lit et sortit un préservatif d'une boîte. Il déplora de ne pas trouver de lubrifiant, ce dont il s'était douté. Il se fit une note mentale afin de s'assurer que le bateau en avait toujours en réserve. Il serait prêt la prochaine fois.

Il tendit le préservatif à Connor.

— Tiens, viens me le mettre pour que je puisse baiser ta femme.

Un air traversa le visage de l'autre homme. Mais après une légère hésitation, il s'avança pour arracher le préservatif des doigts de Gray et déchirer l'emballage. Les cuisses de Connor frôlèrent Paige alors qu'il saisissait l'érection de Gray et déroulait le latex sur sa longueur.

Gray serra les dents jusqu'à ce que Connor ait fini. Il souffla lentement, ses yeux ne quittant pas ceux de l'autre homme.

— Je souhaite que tu nous regardes. Mais quand je te donne des instructions, je veux que tu obéisses. Compris ?

De nouveau, Connor hésita, pinçant ses lèvres, tandis que ses doigts se pliaient en poings. Sa poitrine se soulevait et s'abaissait. Une fois. Deux fois. Une troisième fois.

— Compris ? répéta Gray plus lentement, mais d'une voix stricte et ferme.

Il ne voulait laisser aucune chance à Connor d'envisager de désobéir.

— C'est compris, répondit Connor avec un petit hochement de tête.

Le bras de fer entre les deux hommes se dissipa rapidement quand Gray reporta son attention vers Paige. À quatre pattes, sa chatte était d'un rose intense et luisait d'excitation. Son corps trembla légèrement.

Gray passa une main sur son dos, la fente de son cul, et il écarta ses fesses avec deux doigts.

— T'es si belle, murmura-t-il.

Il leva les yeux.

— Ta femme est magnifique. Elle est si humide et chaude que je peux sentir à quel point elle est disposée à m'accueillir en elle. Tu crois qu'elle veut que je la baise ?

Connor déglutit fortement, sa bite épuisée remuant suffisamment pour que Gray puisse voir à quel point l'autre homme était excité.

— Oui, répondit-il à Gray.

Ce dernier se pencha pour mordiller le cul de Paige. Une fesse, puis l'autre.

— T'es prête pour moi, Paige ? Est-ce que le fait que j'aie sucé ton mari jusqu'à l'orgasme t'a suffi comme préliminaires ?

— Oh, oui, répondit Paige, qui ne se retourna pas vers lui, mais resta face à Connor.

Il recula suffisamment pour plonger son visage et inhaler l'odeur de son excitation, jaugeant son désir. Il lécha ses plis luxuriants puis les suça, faisant encore plus gonfler sa chair. Il passa son pouce sur son humidité, puis pressa le doigt luisant sur son anus serré et ridé. Il embrassa doucement son clito avant de s'agenouiller derrière elle.

D'une main, il saisit sa bite et la pressa contre son entrée, tandis que son pouce s'occupait de son anneau étroit. Il se déplaça de manière à se positionner à son entrée, agrippa sa hanche avec sa main libre et s'enfonça d'un seul coup en elle. Avec son pouce et sa bite.

Paige poussa un cri, ses mains dérapant un peu sous elle par la force de son impulsion.

Au début, la chaleur et l'étroitesse qui l'entouraient le poussèrent à s'arrêter. Alors qu'il s'immobilisait, le corps de Paige s'ajusta aux deux entrées. Sa mouille facilitait la pénétration, son corps l'accueillant comme s'il avait été créé spécialement pour lui.

Ses hanches restèrent en place tandis qu'il faisait entrer et sortir son pouce.

— Détends-toi. Tu dois te relaxer.

Il savait que cela pouvait être risqué de dire à une femme de se détendre. Mais dans ce cas précis, c'était nécessaire. Le corps luttait contre l'assaut de son pouce.

— Je ne peux pas me détendre. C'est trop bon ! s'écria-t-elle à bout de souffle.

— Viens, Connor. Aide-la.

Gray jeta un coup d'œil à l'autre homme plaqué contre la coque du bateau, les yeux mi-clos, sa main capturant sa bite en semi-érection.

En quelques secondes, Connor s'avança à quatre pattes jusqu'à ce qu'il soit bien en face de Paige. Il se pencha pour prendre son visage entre ses mains et l'embrasser fougueusement. Sa tête bascula, sa mâchoire bougeant alors qu'il explorait en profondeur la bouche et les lèvres de Paige.

Alors que Gray les regardait s'embrasser, il commença à suivre l'antique rythme auquel était connecté son corps pour satisfaire une femme. Il synchronisa la cadence de son pouce et de sa bite, entrant et sortant de son corps. Il entendit ses gémissements se mêler à ceux de Connor, tous deux étouffés par l'intensité du baiser.

Connor lâcha le visage de Paige pour saisir ses seins, qui se balançaient sous son corps à chaque impulsion.

Bien que Gray ne puisse pas voir ce que Connor faisait à ses tétons, il pouvait en ressentir l'effet. La pression générée autour de lui par les parois internes de Paige, l'inclinaison brutale de son bassin vers le haut pour mieux l'accueillir.

Ses muscles palpitèrent et ondulèrent le long de son membre alors qu'il la pilonnait plus fort, ses hanches claquant la chair de son cul. Il enfonça son pouce plus loin. Une fois, deux fois. Puis il le retira et le remplaça par deux doigts.

Elle poussa un cri contre les lèvres de Connor. Celui-ci recula et lui murmura des mots que Gray ne put entendre.

Il existait entre eux une intimité à laquelle Gray voulait prendre part. Il avait besoin d'être inclus.

Il y parviendrait et le plus tôt serait le mieux.

Ça viendra, se rassura-t-il.

Puis, Paige murmura des mots. Une requête qu'elle répéta plusieurs fois, jusqu'à la crier, ses doigts agrippant le couvre-lit. Tellement fort qu'il ne serait pas surpris qu'elle le déchire avec ses ongles.

— Baise-moi ! Oh... putain ! Baise-moi !

Connor attrapa sa queue en voyant la passion effrénée de sa femme. L'incitation de Paige accéléra le rythme de Gray jusqu'à ce qu'il se tienne près du même gouffre que Paige. La force et le relâchement des parois internes de la femme le firent vaciller, ses doigts et sa bite profondément enfoncés en elle. Il rejeta la tête en arrière et ferma les yeux alors que la chaleur humide de Paige l'enveloppait et l'attirait à l'intérieur.

Les violentes ondulations autour de sa longueur alors qu'elle jouissait provoquèrent sa perte. Ses doigts creusèrent le galbe de sa hanche alors qu'il s'immobilisait, sa bite pulsant alors qu'il se soulageait au fond d'elle. Les yeux fermés, il aspira profondément l'air dans ses poumons, son corps bourdonnant sous l'effet de son explosion. Le corps de Paige le retenait encore.

Lorsqu'il sentit les bras de Paige se plier, il ouvrit les yeux pour découvrir sa tête sur les genoux de Connor. Il était épuisé, le bas de son abdomen portant les traces de son soulagement.

Avec un gémissement, il se dégagea de Paige, laissant le corps de celle-ci retomber sur le lit. Gray sourit lorsqu'il entendit un grand soupir.

Paige avait l'air aussi satisfaite qu'un chaton ayant bu un bol de lait chaud.

Paige était recroquevillée entre eux, somnolant, la chaleur de leurs corps ne l'aidant pas à rester éveillée. Leurs voix graves masculines l'apaisaient, comme l'effet d'une berceuse. Les hommes discutaient tandis que leurs doigts caressaient ses cuisses, ses bras, son ventre.

Si elle avait la capacité de ronronner, elle le ferait à l'instant.

Elle n'avait pas fait attention au sujet dont ils parlaient. Un truc ennuyeux comme le football et les autres sports, ou une connerie de ce genre. Elle regardait le football uniquement parce que l'entreprise de son frère était associée à ce sport et que son beau-frère était un ancien joueur de la NFL. Chaque fois que Connor parlait de football, il insistait pour évoquer la différence entre le football américain et le football australien. Paige avait entendu la même diatribe un million de fois auparavant. Elle n'y prêta pas attention et se contenta d'apprécier leurs caresses.

De temps à autre, elle reposait ses yeux. Comme maintenant. Ses paupières étaient devenues trop lourdes pour les garder ouvertes. Mais avant qu'elle ne puisse se laisser aller complètement, quelques mots spécifiques sur les parties viriles attirèrent son attention. Le ton de Graydon était devenu rassurant, celui de Connor un peu plus crispé.

Paige ouvrit les yeux. Toutes les pensées somnolentes disparurent rapidement de son esprit tandis qu'elle écoutait les deux hommes.

— Je ne peux pas, dit Connor, les yeux écarquillés.

— Tu le feras.

La voix autoritaire de Graydon la fit frissonner, ses tétons durcissant instantanément. Ce qui semblait se produire chaque fois qu'il montrait sa dominance.

— Impossible, insista Connor.

Il n'était pas difficile de comprendre de quoi ils discutaient. Paige se redressa, chassant presque leurs mains.

— Ce ne sera peut-être pas aujourd'hui, mais bientôt. On te préparera. Je te le promets, assura Gray à Connor. Cette relation sera entièrement basée sur l'échange. Et ça signifie...

— Qu'on donne tous. Qu'on prend tous, termina pour lui Paige.

Les deux posèrent leurs yeux sur elle.

Elle leur adressa un sourire malicieux et se tourna vers son mari.

— T'es prêt à essayer ?

— Sur Graydon ? Bien sûr.

Graydon se décala à côté d'elle tandis que Connor faisait exprès de ne pas la comprendre.

— Euh, bébé... je voulais parlait de l'autre sens.

— C'est ce dont on parlait, lui dit Graydon.

— Voilà ce que je propose. Je suis prêt à essayer. Comme l'a dit Graydon, il devra me préparer. Mais comme tu l'as dit, c'est donnant-donnant. Je veux aussi explorer de nouveaux trucs.

— S'il vous plaît, vous pouvez m'appeler Gray. On a été intimes. Inutile de rester si formels.

Paige répéta son nom à voix haute. Après l'avoir appelé Graydon et avoir pensé à lui avec ce nom, la version abrégée semblait étrange.

— Alors ? demanda-t-elle à Gray pour revenir sur la demande de Connor, en lui donnant un léger coup de coude dans les côtes.

— Compris, répondit Gray en inclinant la tête. Et je...

Il hésita.

— Je serais prêt à...

Il déglutit nettement.

— Voir comment les choses se passent.

Gray avait déjà du mal à le dire. Paige comprenait. Il voulait être le chien dominant. Littéralement. Paige se demandait si Gray avait déjà été dominé dans sa vie. Elle devrait le lui demander la prochaine fois qu'ils seraient seuls. Pour l'instant, elle n'en apprendrait pas plus.

Donner et prendre.

— De toute façon, on va apprendre à mieux se connaître au fil du temps. Apprendre les secrets de l'autre. Nos fantasmes.

Paige se pencha plus près de Gray pour tâter l'épaisse cicatrice qui descendait le long de son torse.

— Apprendre ce qui fait vibrer nos cœurs. Ou pas.

Elle stoppa son doigt au bout de la peau froncée, à quelques centimètres au-dessus du nombril.

— Ne rien se cacher, murmura-t-elle en croisant le regard de Gray.

Celui-ci referma sa main sur la sienne, la pressant légèrement, mais ne l'éloignant pas.

Elle avait effectué des recherches sur Internet et avait découvert pourquoi il avait cette cicatrice. Mais elle voulait - non, elle avait besoin - d'entendre de sa bouche l'évènement qui avait mis fin à la carrière professionnelle d'un très bon joueur de football. Un joueur prometteur, comme l'avaient décrit les médias.

— Une autre fois, dit Gray en secouant légèrement la tête.

Dire que Paige était déçue était en dessous de la vérité. Cela montrait que Gray n'était pas assez à l'aise pour leur parler de son passé. C'était une opération du cœur. Pourquoi resté si fermé sur le sujet ?

— D'accord.

Elle se redressa et se pencha pour parcourir la marque en relief sur son biceps droit. La cicatrice sur sa poitrine avait peut-être été indispensable et imprévue, mais à l'inverse, cette marque ressemblait plutôt à de la torture inutile. Pas qu'elle n'aimait pas les tatouages sur les hommes, mais une marque au fer rouge était d'un tout autre niveau.

— Qu'est-ce que c'est ?

— Un marquage au fer rouge, répondit-il sèchement.

Connor ricana. Sans un regard, Paige lui frappa le bras, ce qui le fit encore plus rire.

Paige pinça légèrement Gray à côté de la peau surélevée.

— Très drôle. Je sais ce que c'est. Mais qu'en est-il du quoi, pourquoi, quand et à quoi tu pensais ?

Gray attrapa ses doigts et les porta à ses lèvres. Il en embrassa chaque extrémité, puis suça son index.

Paige gémit presque lorsque sa langue tourbillonna avec sensualité autour de son doigt. Elle réprima l'envie de sauter sur ses genoux et finir ce qu'il venait d'amorcer.

— T'essaies juste d'esquiver les questions, dit-elle, sa voix lui paraissant rauque à l'oreille.

— Pas du tout, répondit-il en souriant autour de son doigt avant de le relâcher.

Paige fit un petit bruit désapprobateur. Elle ne le croyait pas.

— Très bien.

Il joignit sa main à la sienne et les plaça sur sa cuisse musclée.

Tandis qu'elle regardait leurs mains enlacées, elle tendit la gauche vers Connor, les reliant ainsi tous les trois.

— Je vais répondre à tes questions. Mais tu dois d'abord répondre à l'une des miennes. Je veux que tu y répondes honnêtement. Ne cache rien.

Oh, comme il l'avait fait au sujet de la cicatrice ?

— Dis-moi, lâcha-t-elle.

— C'est quoi ton fantasme le plus sombre ? Qu'il soit interdit ou non.

— Ce n'est pas suffisant de vouloir un plan à trois ? demanda-t-elle, regrettant déjà maintenant qu'elle avait entendu la question.

— Non.

Elle jeta un coup d'œil vers son mari, qui s'était légèrement redressé, comme s'il était impatient d'entendre sa réponse. Elle devrait peut-être renverser la situation et leur poser la même question. Subitement, elle fut très curieuse de savoir ce qu'ils répondraient. Un frisson la parcourut.

Cela pourrait devenir intéressant.

— Je peux prendre le temps de réfléchir ?

— T'as besoin de temps pour trouver ton fantasme ultime ? s'étonna Gray en clignant des yeux.

En quelque sorte. Elle voulait le temps parce qu'elle avait le sentiment que ce qu'elle lui dirait finirait par se réaliser. Cela l'effrayait un peu, mais elle le garda pour elle.

— S'il te plaît. Mais...

Elle lui fit un regard sérieux.

— Je ne veux pas être la seule à révéler mes secrets. Je veux aussi entendre les vôtres. Peu importe ce que c'est.

Les yeux de Gray se plissèrent et s'assombrirent un instant.

— Je suis d'accord, tant qu'on ne juge pas les réponses des autres. Connor ?

— OK. Je suis partant.

Paige savait que ce n'était pas du tout un jeu. Il s'agissait sans aucun doute d'un sujet sérieux pour Gray et, une fois de plus, une pointe d'appréhension remonta sa colonne vertébrale.

— D'accord. Le marquage ? insista-t-elle, tentant de revenir à la conversation initiale.

— Tu promets ne pas éviter ma question ?

— Oui. Je promets de révéler mon fantasme le plus sombre.

Si Paige avait eu les mains libres, elle aurait croisé les doigts et tracé un X sur son cœur.

— Le quoi et le quand... La marque représente ma fraternité universitaire, Omega Psi Phi. Si tu regardes avec attention, tu verras plusieurs footballeurs noirs avec des marques. Le pourquoi est simple... Ça nous soude. Frères pour la vie.

— Je la vois.

La lettre grecque Omega constituait la forme brûlée dans sa chair.

— Tu restes en contact avec tout le monde ?

— Seulement quelques-uns. C'est une fraternité internationale, il y a des centaines de chapitres.

— Ça a dû être très douloureux, songea Connor.

— Ce n'était pas agréable, confirma Gray avec douceur.

Il minimisait la chose. Paige savait que cela devait faire

très mal. Qui de sensé s'infligeait une brûlure au troisième degré ?

— Tu le referais ?

— C'est sans importance. C'est déjà fait.

Soupir. Il ne donnait pas aisément des informations sur lui. Il ne voulait pas avouer les regrets qu'il pouvait avoir ? Elle savait maintenant qu'il n'avait pas d'autres marques sur le corps, à part la cicatrice de l'opération et le piercing à l'oreille. Paige se rendit compte qu'il était rare de croiser un joueur de football professionnel qui n'avait pas de tatouage.

Oui... cet homme était unique à bien des égards. Elle avait hâte d'enlever les nombreuses couches qui le protégeaient pour enfin découvrir le véritable Graydon Ward...

Chapitre Six

ALORS QUE GRAY glissait la clé dans la serrure et la tournait, il se demanda comment cela avait pu se produire. Ce n'était pas censé en arriver là.

Il franchit le seuil de son nouveau domicile *provisoire*. Il avait eu l'intention de les faire emménager chez lui. Au lieu de cela, il s'était retrouvé ici, une banlieue de classe moyenne.

Il pénétra dans la cuisine et jeta ses clés sur le comptoir.

Il adorait sa maison, en particulier la suite parentale. Elle était composée de tons chauds, de bois et de couleurs intenses. Des meubles et des œuvres d'art coûteuses.

À l'inverse, cette maison était lumineuse et aérée, avec de nombreuses fenêtres, des tons floraux et tout simplement... pas à son goût.

Heureusement, ce n'était que temporaire, pensa-t-il en ouvrant la porte du réfrigérateur pour en regarder distraitement l'intérieur. Il avait besoin d'un verre après la journée qu'il avait eue au boulot. Mais tous ses bons spiritueux se trouvaient chez lui. À la place, il fut agressé par un tas de bières qui provenaient de brasseries locales, les bouteilles alignées comme de bons petits soldats.

Gray refoula sa déception. Il n'avait d'autre choix que d'aller chez le caviste voisin ou de faire les quarante-cinq minutes de route qui le séparaient de son domicile pour récupérer de la bonne came. Ou trouver un bar qui servait du gin ou du scotch de qualité.

Il regarda sa montre. Paige ne rentrerait pas à la maison avant une heure. Davantage pour Connor. D'autant plus que ce matin, l'homme avait pris l'avion pour aller travailler à Saint-Louis.

Cela signifiait que Paige et lui auraient la maison pour eux durant les prochains jours. Son humeur s'améliora étrangement.

Il devrait peut-être se rendre à la ferme et la surprendre. L'emmener dîner. Boire et manger avant de la ravir pour le reste de la nuit. Il l'imaginait avec les cheveux lâchés et en pagaille, les yeux mi-clos, la bouche entrouverte, criant son nom alors qu'il la pilonnait, ses ongles rongeant sa peau et ses dents mordillant sa chair.

Gray baissa sa main sur la bosse de son pantalon. Sa bite s'agitait et il n'avait plus envie de boire. Il avait besoin de Paige.

Il attrapa ses clés sur le comptoir et conduisit sa X6 comme un fou jusqu'à la ferme.

À son arrivée, il trouva le bâtiment qui abritait les bureaux de l'entreprise désert et fermé à clé. La maison de Ty et Logan n'était pas loin, au bout d'une allée de graviers. Il se dit alors qu'il pourrait y passer et voir si la voiture de Paige y était. Lorsqu'il se gara devant la grande maison en bois, son SUV rouge était là, avec quelques autres véhicules.

En fait, lorsqu'il s'approcha de la porte d'entrée, il eut l'impression qu'une fête se déroulait. L'humeur de Gray s'enflamma un peu à l'idée que Paige soit à une fête dont il ne savait rien. Il ferma les yeux, prit une inspiration apaisante et passa la porte de la maison de son ami.

Des voix fortes et ce qui ressembla à la diffusion d'un match de football provenaient du salon. Il prit donc cette direction. Il se rendit compte que personne ne l'avait entendu entrer. Ils ignoraient tous qu'il se trouvait derrière eux, à l'entrée de la grande pièce.

Sa colère monta lorsqu'il réalisa que Paige était la seule femme. Oui, c'était la maison de son frère. Et oui, elle y était souvent. Il en était conscient. Mais Paige était assise sur le canapé, blottie contre Ty White. De l'autre côté, il y avait Ren Landis, un autre joueur de la NFL à la retraite. Au bout du canapé se trouvait Cole Dixon, l'amant de Ren et lui aussi ancien Boston Bulldog. Quinn, Ève et son frère Logan n'étaient pas là.

Les mains de Gray tremblèrent. Il serra les poings pour les cacher alors qu'il se mettait derrière le canapé, fixant le bras que Ty avait autour de Paige.

Ty dut sentir sa présence, car il tourna la tête, étonné.

— Hé, frangin, le salua-t-il en souriant.

Paige le regarda par-dessus son épaule et prononça son nom, les sourcils froncés.

— Ne dis pas ce genre de truc quand t'es sur le canapé avec un bras autour de ma femme, rétorqua Gray en clouant Ty du regard.

— Ta femme ? répliqua Ren en regardant Ty avec surprise. Je croyais qu'elle était mariée à Connor. J'ai raté quelque chose ?

— Hé ! Il est comme mon frère, protesta Paige en fronçant les sourcils. En fait, c'est mon *beau-frère*. Qu'est-ce qui te prend ?

Un mouvement sur la télévision lui fit lever les yeux. Le

jeu qui s'y déroulait lui était bien trop familier. Il contourna le canapé pour attraper Paige et la faire sortir de la maison, mais il arriva trop tard.

Ses lèvres s'aplatirent lorsqu'il vit l'expression de Paige passer de l'agacement à l'horreur, alors qu'elle regardait Gray s'effondrer sur le terrain.

Celui-ci n'eut pas besoin de se retourner pour savoir ce qu'il se passa ensuite. Du moins, ce dont il se souvenait. La suite, il l'avait lui-même regardée en boucle. Il avait essayé de comprendre ce qui s'était produit, le jour où sa prometteuse carrière avait pris fin.

Les paroles du présentateur sportif firent écho à la scène qu'il revécut dans sa tête.

Les arbitres avaient demandé une pause médicale. L'équipe soignante se précipita pour l'entourer, rapidement suivie par une civière. Il était étendu sur le sol, entouré des membres du personnel médical, des entraîneurs et de ses coéquipiers inquiets. Quelqu'un avait accouru avec un défibrillateur et avait tenté de relancer son cœur. Deux autres personnes se relayaient au massage cardiaque entre les décharges qui secouaient son corps.

PAIGE REGARDA avec horreur la scène qui se déroulait devant elle, une main tremblante sur sa bouche, les yeux écarquillés.

À l'écran, les gens criaient, agitaient leurs bras, et un chariot débloula pour emmener Gray. Le stade bondé était plongé dans un silence total. Les deux équipes étaient à genoux, à prier. Un coéquipier s'était effondré au sol et frappait la pelouse. Paige ne parvint pas à comprendre ce qu'il criait, mais il hurlait vers le ciel. Elle se tourna au ralenti vers Ty.

Il était ce joueur.

Son beau-frère lui serra les épaules en soutien.

Paige essuya l'humidité sur ses joues. Elle n'avait même pas réalisé qu'elle pleurait. Elle voulait que Gray se batte pour vivre, même s'il se tenait à quelques mètres d'elle, en parfaite santé. Sa poitrine se noua alors que ses doigts s'enfonçaient dans le bras de Ty. Elle voulut détourner le regard, mais elle en fut incapable.

Elle ne pouvait pas.

Lorsque Gray fut enfin transporté hors du terrain et de l'écran, Paige tourna des yeux larmoyants vers l'homme qui se tenait avec raideur près du canapé, les mains serrées en poings, l'expression déconcertée.

Elle lui tendit la main.

Il recula.

— Je te retrouve à la maison.

Il tourna les talons et sortit de la pièce à grands pas.

— Gray ! cria-t-elle, mais il l'ignora.

Lorsqu'elle entendit la porte d'entrée claquer, elle se leva brusquement pour le suivre. Pour l'empêcher de partir. Pour s'excuser.

Ty lui attrapa le bras et elle retomba sur le canapé.

— Laisse-le partir, bébé, murmura-t-il en la serrant dans ses bras. Laisse-le se calmer un peu.

— Bon sang, Paige ! s'exclama Ren en se penchant pour la regarder. Il ne t'avait rien dit ?

Paige secoua la tête.

— Non, je lui ai posé la question. Il ne voulait pas en parler. J'ai fait quelques recherches sur Google et j'ai appris les grandes lignes, mais je n'ai jamais vu la vidéo.

— Si j'avais su, je n'aurais pas apporté cette fichue cassette, dit Ren en secouant la tête. Ou je t'aurais donné une copie pour que tu la regardes avec lui. Je ne savais pas que ça allait poser un problème.

— Moi non plus, murmura Paige contre le torse de Ty.

— Je ne comprends pas, dit Cole en s'accroupissant au pied de Paige, ses mains pressant ses genoux. Qu'est-ce qu'il est pour vous ?

— Notre amant.

GRAY ÉTAIT ASSIS sur le canapé dans l'obscurité. Elle ne l'aurait peut-être pas repéré s'il n'avait pas porté un verre à ses lèvres.

Elle s'arrêta à l'entrée de la pièce, patientant. Attendant... qu'il dise quelque chose, qu'il l'invite à entrer. N'importe quoi.

Au fil des secondes, son premier réflexe fut de s'excuser. Mais honnêtement, elle n'avait aucune raison de le faire. Elle n'avait rien fait de mal.

Il était tout à fait naturel de vouloir connaître l'histoire de son amant. Oui, elle aurait peut-être dû attendre qu'il soit prêt à le lui dire. Ou elle aurait peut-être dû attendre que Connor soit à la maison. Mais elle ne l'avait pas fait.

De plus, en sachant que Ren et Ty avaient joué avec lui, elle n'avait pas pu résister à le leur demander.

Elle se mordit la lèvre inférieure.

— Ne fais pas ça.

L'ordre brutal lui fit lâcher sa lèvre. Elle frotta son visage avec frustration. Elle ne s'excuserait pas. Elle. Ne. S'excuserait. Pas.

— Pourquoi ? Pourquoi t'es allée les voir ?

Sa voix était grave et faible, blessée. Elle avait rompu sa confiance.

Oui, la confiance était indispensable dans une relation polyamoureuse. Lorsque Logan et Ty avaient découvert que Gray emménageait avec eux - *provisoirement* - ils avaient insisté sur le sujet de la confiance. Et pas qu'une fois.

Elle n'attendit pas d'être invitée. Elle décida que c'en était assez et entra dans la pièce pour se mettre devant lui. Alors que ses yeux s'adaptaient à l'obscurité, elle réalisa qu'il avait les coudes posés sur ses cuisses et que son verre pendait mollement à ses doigts, entre ses genoux.

Son regard était dirigé vers le sol. Après une seconde, il releva la tête, vida son verre et le posa sur la table à côté du canapé.

— Je te l'aurais dit.

Il plaqua sa paume sur son torse.

— Moi, rappela-t-il en haussant légèrement la voix. Il n'y avait aucune raison que t'ailles leur demander.

— Mais ce n'était pas un secret. C'est passé à la télévision nationale.

— Tu ne m'as même pas laissé une chance.

— Combien de temps j'étais censée attendre, Gray ? Combien de temps ? Les problèmes de santé arrivent tous les jours.

— Mais pas à moi.

Les paroles de Gray lui déchirèrent le cœur. Elle pouvait sentir sa douleur et son abattement. La frustration d'avoir perdu une carrière à cause d'une défaillance sur laquelle il n'avait aucun contrôle. Elle s'agenouilla devant lui.

— Pourquoi ? Parce que tu étais en forme ? Que t'étais un athlète ? Tu pensais être invincible ?

— Ça a détruit ma carrière.

— Qu'est-ce que t'aurais pu faire différemment ?

Il secoua la tête et détourna son regard.

Paige ferma les yeux et prit quelques respirations avant de le regarder à nouveau.

Son corps semblait raide. Il s'était refermé.

— Bon sang, Gray ! Tu n'aurais rien pu y faire.

Ses paroles furent accueillies par un silence.

Elle posa les mains sur ses genoux et se pencha plus près de lui.

— D'après ce que j'ai lu, t'avais une malformation cardiaque congénitale non décelée. Tu ne pouvais pas savoir. Personne ne le pouvait. Pas même les médecins que t'avais consultés depuis l'enfance. Ton arrêt cardiaque se serait produit à un moment ou à un autre, que tu sois sur le terrain ou non. Mais t'as survécu, Gray, *t'as survécu*. Et tu sais pourquoi ? Parce que t'étais à ce match, sur ce terrain, quand tu t'es effondré. T'étais entouré de personnel médical. Tu n'étais pas seul dans ta voiture ou chez toi. Autrement, tu ne serais pas là maintenant.

Elle déglutit.

— Tu ne serais pas ici avec moi... avec nous.

Gray se leva d'un bond, faisant presque tomber Paige à la renverse. Avant qu'elle puisse se relever, il l'attrapa, la jeta sur son épaule et fonça dans le couloir. Il ouvrit la porte de la chambre principale du pied et la jeta sur le lit.

Elle eut le souffle coupé et l'adrénaline inonda tout son corps. Elle recula alors qu'il se déshabillait. Elle tendit la main vers le chandail qu'elle portait.

— Non ! s'exclama-t-il soudainement d'un ton brutal, ce qui stoppa son geste.

Une fois nu, il sauta sur le lit et rampa jusqu'à elle. Il fit passer son pull par-dessus sa tête et le jeta. Il arracha son soutien-gorge en brisant le fermoir, et le balança également quelque part.

Elle l'aida uniquement en soulevant ses hanches suffisamment pour qu'il puisse faire descendre son jean le long de ses jambes, après avoir retiré ses chaussures et ses chaussettes. L'une des chaussures atterrit sur la commode, renversant l'eau de Cologne de Connor. Elle jura qu'il grogna en se déplaçant au-dessus d'elle. Il était si bien bâti, les muscles se gonflant sous sa peau sombre, la lumière du plafond faisant briller son corps à mesure qu'il se déplaçait.

Son corps était tellement incroyable. Elle mouillait rien qu'en le regardant. Tant qu'il ne lui faisait pas mal, elle ne se souciait pas de sa brutalité. Elle aimait ça.

Putain, elle adorait ça.

Il était tout l'opposé de Connor. Le caractère dominant de Gray l'excitait. Elle le désirait plus que jamais. Peu importe ce dont elle avait envie, elle l'avait. La tendresse de Connor. La puissance et l'autorité de Gray.

Celui-ci fit glisser ses mains sur ses épaules, le long de ses bras, jusqu'à atteindre ses poignets. Il les entoura de ses doigts et tira les bras de Paige au-dessus de sa tête. D'une main, il épingla ses poignets au matelas. Avec l'autre, il saisit une poignée de cheveux et tira la tête de la jeune femme vers l'arrière, ce qui força son cou à se courber.

Le regard de Gray était intense. Il la fixait sans dire un mot, sans faire un bruit.

Les lèvres de Paige s'entrouvrirent, son souffle haletant.

— Qu'attends-tu de moi ?

Sa question était crue, presque pénible à sortir.

Elle la fit frissonner.

— Toi, souffla-t-elle. Je te veux tout entier.

Il baissa la tête et enfonça ses dents dans son cou alors qu'il la pénétrait avec sa bite.

Elle était mouillée, mais elle n'était pas prête. Elle poussa un petit cri quand il l'envahit, l'étirant, la transperçant avec force et rapidité. Elle lutta pour libérer ses bras, souhaitant s'accrocher à lui, mais il les retint plus fermement.

Gray suça sa peau à l'endroit où il l'avait mordue, puis leva la tête pour la regarder tandis que son membre la pénétrait encore et encore. Il la pilonna impitoyablement.

— Je te donne tout ce que j'ai. C'est ce que tu voulais.

— Oui, confirma-t-elle d'une voix haletante, ses dents capturant sa lèvre inférieure.

Il écrasa ses lèvres avec les siennes, prenant sa bouche, léchant sa lèvre.

Un gémissement s'éleva au fond de sa gorge.

Il relâcha brusquement ses poignets et elle agrippa ses fesses, ses doigts s'enfonçant dans les muscles qui fléchissaient à chaque impulsion.

Avant qu'elle ne puisse enrouler ses jambes autour de ses cuisses, il les fit rouler tous les deux, la plaçant sur lui. Ils se figèrent et elle le regarda. Les mains de Gray étaient posées sur ses hanches, la maintenant contre lui. Dans cette position, il se sentait profondément en elle. Le plaisir était à la limite de la douleur. Elle décrivit des cercles avec son bassin et prit ses seins dans ses mains, les pressant l'un contre l'autre. Elle pinça les deux mamelons entre ses pouces et ses index, les tordit, les tira. Il l'observa, les yeux mi-clos, mais très attentif à ce qu'elle faisait.

Sa bite tressaillit en elle, comme si elle avait besoin qu'on lui rappelle son rôle. Paige appuya ses mains sur le torse de Gray et...

La cicatrice était épaisse et surélevée, la peau brillante avait la couleur d'une aubergine. Paige frissonna en imaginant la poitrine de Graydon ouverte et déployée. Son cœur souffrant qui battait dans les mains du médecin avant qu'il meure. Il était *mort*, pendant peu de temps, avant qu'un cœur inconnu soit placé dans son corps, le ramenant à la vie.

Comme elle le lui avait rappelé, il *était* vivant. Elle pouvait sentir à quel point il était vivant tandis qu'il bougeait en elle. Son cœur battait de manière régulière sous sa paume. Son érection, semblable à l'acier, était remplie de la force vitale que le remplaçant de son cœur injectait dans ses veines.

Elle fit bouger ses hanches une fois de plus, ses parois intérieures se resserrant autour de lui. Puis elle se leva et s'abaissa, inclinant ses hanches, le guidant là où elle souhaitait qu'il aille. Un désir montait en elle tandis qu'elle le chevauchait avec passion, la bite de Gray heurtant son point le plus sensible. Non seulement elle était couverte de sueur, mais aussi de son excitation alors qu'elle s'abattait sur lui.

Les doigts de Gray agrippèrent sa chair, ses bras fléchissant à chaque montée et descente. Les muscles de son ventre se contractant et se détendant. Il l'observait, son regard ardent ne faiblissant pas.

— Je veux te voir exploser.

Entre le grondement grave de sa voix et ses mots, elle se brisa en mille morceaux. Elle broya son sexe plus fort contre lui alors qu'elle encaissait les vagues de son orgasme, conduisant le membre de Gray plus profondément en elle.

Il se redressa, passa un bras autour de sa taille et la fit basculer sous lui, sur son ventre. Il tira ses hanches vers lui, passant un doigt entre ses plis gonflés.

— T'es si mouillée. Je veux te goûter.

Elle enfonça son visage dans le matelas tandis que la langue de Gray caressait sa chair délicate, son pouce pressé contre son clitoris, tournant autour, le palpant. Le cri de Paige fut étouffé par les draps, ses mains agrippant le tissu quand la langue de Gray s'introduisit en elle pour la goûter. Il suça les plis charnus et, alors qu'il pinçait son clito une fois de plus, elle fut prise d'un orgasme qui lui fit recourber ses orteils et arquer sa colonne vertébrale.

— C'est ça, bébé. Donne-moi tout. Laisse-moi goûter ton plaisir.

D'un dernier coup de langue, il se déplaça derrière elle pour attraper quelque chose.

Elle entendit le tiroir de la table de nuit s'ouvrir, et le bouchon du tube de lubrifiant qu'ils gardaient là. Elle tourna suffisamment la tête pour voir ce qu'il faisait. Dans sa main, il tenait le long plug anal noir qui vibrait et l'enduisait généreusement de lubrifiant. Il se remit derrière elle et, avec un doigt lubrifié, il appuya sur son anus pour la préparer.

Les tétons de Paige durcirent encore plus à l'idée de ce qui allait se produire. Elle avait hâte d'essayer le nouveau jouet, même s'il avait plutôt été acheté pour Connor.

Le plug vrombit lorsque Gray l'alluma. Il le frotta contre l'ouverture étroite de Paige et elle gémit à cette sensation inhabituelle. Puis il exerça une pression en introduisant lentement le long jouet élancé en elle. Elle put sentir les vibrations jusqu'à son centre. Elle ne désirait rien de plus que de sentir Gray en même temps en elle.

— Baise-moi, demanda-t-elle.

Gray l'ignora. Il fit des va-et-vient avec le plug, faisant couler plus de lubrifiant sur le jouet. La fraîcheur du gel contre sa peau brûlante l'excita davantage.

Il retira presque entièrement le plug et Paige cria de frustration contre le matelas.

Puis, elle grogna quand il enfonça sa bite en elle, poussant en même temps le jouet jusqu'à la garde. Elle jouit instantanément, son corps se contractant autour de lui, autour du vibromasseur.

Il se figea, attendant que le corps de Paige se détende à nouveau. Puis il maintint le jouet profondément en elle tout en la pilonnant par-derrière. Sa deuxième main retenait sa hanche pour qu'elle puisse endurer son assaut. Ses doigts allaient laisser un bleu, mais elle s'en fichait.

Les vibrations au fond de son corps la rendaient folle, la poussaient jusqu'au bord encore et encore.

Jusqu'à ce qu'elle n'en puisse plus.

Son corps était épuisé et Gray avait ralenti. Elle sentit une perle de sueur couler sur ses fesses et entendit la respiration laborieuse de l'homme. Son endurance l'impressionnait.

— Je vais jouir au fond de toi, déclara-t-il d'une voix grinçante après avoir émis un grognement.

Avec une dernière impulsion, il s'immobilisa. Ses doigts se déployèrent sur la hanche de Paige, sa bite pulsant en elle.

— T'es à moi, Paige.

Ce fut à ce moment qu'elle s'en rendit compte.

Il n'avait pas mis de préservatif.

Chapitre Sept

Paige put entendre le sourire dans la voix de Connor pour leur coup de fil quotidien du soir. Lorsque Connor n'était pas en ville, ils s'efforçaient de se parler tous les jours. Même si la conversation ne portait que sur des sujets professionnels barbants. Paige avait simplement besoin d'entendre sa voix, peu importe de quoi il parlait.

— Est-ce que Gray et toi avez beaucoup baisé pendant mon absence ?

Oh, seigneur ! Quelle question tendancieuse ! Est-ce qu'on avouait à son mari d'avoir couché avec un autre homme pendant son absence ? Mais c'était ce dont ils avaient convenu. Paige voulait être franche avec lui.

Elle jeta un coup d'œil vers Gray, qui était allongé sur le canapé, regardant tranquillement un film sur le grand écran plat. La table basse présentait une pile de dossiers et de feuilles, et au sommet de la montagne de papier se trouvait un iPad. Il avait coupé le son de la télévision. Paige se demandait si c'était par courtoisie, comme elle appelait Connor, ou s'il voulait simplement écouter leur conversation.

— Oui, répondit-elle.

Un sourire se dessina sur le visage de Gray, même si son regard n'avait pas quitté l'écran.

— Vous me manquez tous les deux.

— Tu nous manques aussi, Connor. On a hâte que tu rentres à la maison.

Paige présumait que Gray ressentait la même chose qu'elle. Si ce n'était pas le cas, tant pis. Inutile que Connor le sache.

— Je peux peut-être me connecter sur Skype et participer à distance. Tu sais que j'aime bien vous regarder tous les deux.

— Ça me semble excitant, chéri, murmura Paige en tournant le dos à Gray. Faudra qu'on installe l'ordinateur.

— Alors, faites-le et envoie-moi un texto quand vous serez prêts.

Paige soupira. Il n'y avait rien de tel que des relations sexuelles planifiées.

— D'accord, je te tiens au courant.

Ils terminèrent leur appel et raccrochèrent. Puis elle se tourna vers Gray.

Il avait mis le DVD en pause et la regardait.

— Le tenir au courant de quoi ? demanda-t-il.

— Il veut que l'on configure l'ordinateur pour qu'il se connecte par Skype.

— OK.

— Et il veut nous regarder baiser.

— Ah, dit Gray en levant le menton et se redressant. Ne chuchote pas quand tu es au téléphone avec lui. Il ne doit pas y avoir de secrets entre nous.

Paige se contenta d'acquiescer et de coller son téléphone contre sa cuisse. Elle commença à faire les cent pas dans la pièce.

— Et pour le problème du préservatif ?

— Quel problème ? s'enquit Gray en fronçant les sourcils.

— Le fait de ne pas en utiliser

— Ce n'est pas un problème. Connor n'en porte pas quand il est avec toi.

Paige captura sa lèvre inférieure avec ses dents.

— Paige.

Son nom devint un avertissement.

Elle soupira et relâcha sa lèvre.

— Gray...

— Paige, répéta-t-il en faisant traîner son nom.

— On doit lui dire.

— Ça ne devrait pas avoir d'importance, rétorqua-t-il.

— Je me suis rendu compte qu'on n'avait pas discuté de ce point...

— Ça te dérange ? l'interrogea-t-il.

Elle y réfléchit un instant. Cela la dérangeait-il ? Non, en fin de compte, ce n'était pas le cas. Au début, elle s'était sentie hésitante. Mais avoir baisé sans préservatif les deux derniers jours, elle n'y avait même pas pensé. En revanche, elle était plus inquiète de la réaction de Connor.

— Non.

Elle hésita.

— Mais la sodomie...

— C'est différent. On utilisera toujours un préservatif.

Elle avança vers le canapé et grimpa sur ses genoux.

Gray passa ses bras autour de ses hanches et déposa un baiser sur son épaule.

— On peut utiliser un préservatif ce soir, mais sois prévenue de la raison de son utilisation, dit-il en lui faisant un sourire narquois.

Paige lui donna une claque sur le torse.

— Oui, je comprends ce que tu veux dire, mon grand. Si

je te fais porter un préservatif, tu feras une petite opération par la porte arrière.

— Une petite ? s'esclaffa-t-il.

Elle émit un son et pressa son visage dans le creux de son cou, inhalant son parfum.

— Alors c'est une bonne raison de ne pas mettre de préservatif ce soir.

— C'est bien ce que je pensais. Mais ne crois pas que tu y échapperas toujours.

La bite de Gray était aussi dure que l'acier sous son cul. L'idée qu'il la prenne par-derrière devait le mettre de bonne humeur. Non pas qu'il n'en ait jamais envie. Cet homme était toujours prêt à passer à l'action. Depuis qu'il s'était installé *provisoirement* chez eux une semaine plus tôt, il n'y avait pas eu une seule nuit où ils s'étaient couchés pour dormir. Maintenant que Connor était parti, il n'y avait pas un seul matin non plus. Elle se rendait au travail à reculons, en buvant un grand mug de café.

Ty et Logan s'étaient moqués d'elle, lui rappelant la quantité de *travail* que demandait un ménage à trois. Le travail sous-entendant le sexe, bien sûr. Mais ce n'était pas tant Connor qui était exigeant. C'était Gray. Il était demandeur tous les soirs, et ce n'était jamais rapide.

Et elle se plaignait... Combien de femmes voudraient être à sa place et avoir l'attention de deux hommes intelligents et sexy ? Se faire gâter et avoir plusieurs orgasmes tous les soirs.

N'importe quelle femme qui avait toute sa tête.

Elle toucha sa barbichette. Même si elle n'aimait pas les poils faciaux, elle devait admettre qu'il y avait quelques avantages quand il était enfoui entre ses cuisses. Sa chatte se contracta à l'idée. Elle gigota sur ses genoux, ce qui incita Gray à agripper sa hanche plus fermement. Sur le canapé, elle se tourna pour se mettre à califourchon sur lui, afin de pouvoir le regarder directement.

Son sourire tranquille la soulagea un peu. Elle savait qu'il n'avait pas été très enthousiaste à l'idée d'emménager *provisoirement* dans leur maison, plutôt que l'inverse. Mais cela avait paru plus aisé sur le coup.

Si les choses se passaient bien entre eux trois, Paige se disait que Connor et elle finiraient par emménager dans la maison de Gray, puisqu'elle était beaucoup plus grande. En plus, il ne cessait de rappeler que son emménagement n'était que temporaire.

Sa chambre principale était assurément plus vaste que la leur. Vu la taille de sa maison, il y aurait largement de la place pour eux trois et leurs affaires. Contrairement à leur domicile, où les vêtements et les objets personnels de Gray se trouvaient dans un placard de la chambre d'amis et dans la salle de bain du couloir.

L'avantage qu'il vive avec eux, c'est qu'il était à portée de main pour les rapports sexuels. L'inconvénient, c'était que Paige n'était presque plus jamais seule. Parfois, elle aimait avoir la maison pour elle lorsque Connor était absent.

D'accord, peut-être souvent. C'était agréable de s'asseoir sur le canapé, de regarder des films à l'eau de rose en mangeant un pot entier de glace Ben & Jerry's, une boîte de mouchoirs à côté d'elle. Quelque chose qu'elle ne ferait jamais avec Connor ou Gray à la maison. De plus, ce dernier savait toujours où elle se trouvait. Qu'ils soient à la maison ou non. Elle ne pensait pas qu'il s'agissait d'un problème de confiance, mais plutôt une question de possessivité. Cet homme ne pensait qu'au contrôle.

D'une certaine manière, c'était excitant. D'un autre côté, c'était parfois étouffant. Connor n'était pas comme ça, elle n'y était donc pas habituée. Elle espérait que c'était dû à la jeunesse de leur relation et qu'il se détendrait avec le temps.

— Tu fronces les sourcils, dit-il en passant son pouce sur la lèvre inférieure de Paige.

Elle ne s'en était même pas rendu compte et secoua la tête.

— Ce n'est rien.

— Paige.

Encore une fois, ce ton menaçant.

— Gray, laisse tomber. D'accord ?

— OK, lâcha-t-il enfin, après l'avoir regardée un moment.

— Merci, soupira Paige, soulagée.

Il plaça un doigt sous son menton et le leva jusqu'à ce qu'elle croise à nouveau son regard.

— Tu sais que tu peux toujours me parler, me dire ce qui te tracasse, n'est-ce pas ?

— Oui.

— Et tu le feras ?

— Bien sûr.

— Tu le promets ? insista-t-il comme s'il ne la croyait pas.

— Je te le promets.

Il lui sourit.

— Bien. C'est tout ce que je demande.

— Gray, tu peux aussi nous dire des choses, tu sais.

— Je comprends.

Non, elle ne voulait pas entendre qu'il comprenait le concept d'une relation à double sens. Elle souhaitait qu'il promette la même chose qu'elle. Elle avait l'impression qu'il lui cachait des choses, des trucs personnels comme son arrêt cardiaque. Paige posa une main sur le côté gauche de son torse.

— Tu sais à qui appartient le cœur qui bat dans ton corps ?

— Oui, confirma-t-il posant une main sur la sienne et serrant ses doigts.

Sa réponse lui donna la chair de poule. Elle se demandait ce que cela faisait d'avoir un morceau de quelqu'un d'autre en soi. L'idée était troublante, mais aussi fascinante.

— Parle-moi de cette personne.

Elle plaça une oreille contre son buste. Elle voulait entendre les battements de son cœur pendant qu'il lui racontait l'histoire. Elle souhaitait aussi sentir les vibrations de sa voix grave.

— Il s'appelait Brandon. Il n'avait que vingt-deux ans et était en première année à la fac.

— C'était quoi sa spécialité ?

— Éducation. Il étudiait pour devenir professeur au lycée. On m'a dit qu'il était extrêmement intelligent. Il avait cartonné aux examens d'entrée à l'université. Il donnait des cours particuliers pour se faire un peu d'argent. Il parlait couramment l'espagnol et l'italien. C'était un humaniste dans l'âme. Il cherchait toujours à aider les moins fortunés. Il organisait des collectes de couvertures et de manteaux en hiver, des collectes de nourriture en été. Des trucs du genre. Il n'hésitait pas à se priver si quelqu'un en avait plus besoin que lui. Sa mère m'a raconté qu'à Noël, il a pris tous ses cadeaux, ses vêtements, ses jouets, tout ce qu'il avait reçu, et en a fait don à un refuge.

— Donc c'était un saint.

— Pratiquement

— Alors, qu'est-ce qui s'est passé ? demanda-t-elle, tout en redoutant la réponse.

Elle savait déjà que l'histoire de Brandon ne s'était pas bien terminée, mais celle de Gray oui.

— Il rentrait de l'école en voiture pour les vacances de Thanksgiving et un conducteur ivre l'a percuté. Il a grillé un feu rouge et a percuté la voiture de Brandon du côté conducteur, à 80 km/h environ. Brandon n'a pas eu le temps d'éviter la collision.

— Il n'a pas souffert, dit Paige en espérant que ce fut vrai.

— Non.

— Ses autres organes ont été donnés à d'autres personnes malades ?

— Oui. Il vit à travers plusieurs personnes maintenant. Sa vie a représenté son ultime don. Il a aidé un bon nombre de gens dans le besoin, probablement d'une manière qu'il n'aurait jamais escomptée. Du moins, pas à cet âge. Il était bien trop jeune.

Gray s'arrêta de parler, sa poitrine se soulevant et tombant au rythme régulier de sa respiration.

Paige digéra tout ce qu'il venait de lui dire.

— J'aimerais remercier sa famille.

— Je t'emmènerai lors de ma prochaine visite.

— Tu vas vraiment voir sa famille ? s'enquit-elle en relevant sa tête pour le regarder.

Il haussa les épaules, puis glissa une mèche de cheveux derrière l'oreille de Paige.

— Ils me l'ont demandé. Parfois, sa mère colle son oreille contre mon torse et écoute les battements du cœur de son fils. C'est une part de lui qui vit encore, même si elle est à l'intérieur de moi.

— Je suppose que ça les a aidés à surmonter la situation. Savoir que leur fils continuait à aider les autres, même après sa mort.

— J'ai créé une association caritative en son nom pour aider les sans-abris, confia-t-il à voix basse.

Paige se redressa en position assise.

— Vraiment ? Pourquoi tu n'en as pas parlé ?

— Il n'y a pas eu de bonne raison d'en parler avant maintenant. J'ai des gens qui s'en occupent et la famille de Brandon est très impliquée. Ils la dirigent presque. J'aide principalement à la financer.

— Bon sang, Gray ! C'est super bien. T'es un mec génial.

— Non, répondit-il en embrassant le front de Paige. Juste un homme.

— Oh, peu importe, se moqua-t-elle.

Elle s'étonna de la tendresse qu'il lui témoignait en dehors de la chambre. Mais à l'intérieur... c'était une autre histoire.

Puis, cette pensée lui rappela l'idée de Connor qui voulait Skyper quand Gray et elle coucheraient ensemble ce soir. Elle se demanda alors si elle devait l'avertir du sujet du préservatif.

— Eh bien, on testera les limites de ton nouveau cœur ce soir.

— Oui, rit-il.

Le sourire qu'il arborait se changea en froncement de sourcils.

— Sérieusement, Paige, reprit-il en secouant la tête. Arrête de t'inquiéter pour Connor et le *problème* du préservatif. C'est un homme sensé.

En effet. Mais tout de même...

Elle soupira et passa ses bras autour du coude de Gray, broyant son entrejambe avec sa chatte.

— Est-ce qu'on tire un coup rapide sur le canapé avant le grand spectacle ?

Il l'étudia avec les yeux mi-clos.

— On pourrait. Mais après avoir commencé, je ne suis pas sûr qu'on sera rapide. Une fois au fond de toi, je ne veux pas me presser. Et je ne pense pas que ton canapé soit imperméable.

Imperméable ? Hein ?

Oooh. Oui. Ses réactions à ses caresses, son comportement.

Elle remua à nouveau ses hanches sur les cuisses de Gray.

— Tu parles de ma mouille quand tu joues avec moi, que tu me manges, et me baises ?

Il leva légèrement le menton, ses doigts se resserrant sur les hanches de Paige. Il hissa son bassin vers elle pour qu'elle sente à quel point il était dur.

— T'es un peu modeste avec le terme « mouille ».

— Tu crois ? rit Paige.

— Je le sais.

— Tu vas encore me jeter sur ton épaule pour me mettre au lit, mon grand ?

Les lèvres de Gray se fendirent d'un large sourire, ses belles dents blanches contrastant avec ses grosses lèvres d'une teinte foncée de cerise. Des lèvres qui avaient le goût de leur apparence. En fait, elle avait besoin de les tester à l'instant même. Elle plaqua ses mains sur son torse et se pencha vers lui. Elle frotta ses seins contre lui tout en glissant sa langue sur sa bouche très habile.

Son sourire disparut rapidement lorsqu'il mit une main à l'arrière de sa tête et revendiqua sa bouche. Il contrôla totalement le baiser. La pression, la profondeur, l'enchevêtrement de leurs langues. Ses doigts s'enfoncèrent dans les cheveux de Paige, lui tirant la tête en arrière pour qu'il puisse ratisser sa mâchoire et sa gorge avec ses dents. Il murmura quelque chose contre sa peau, mais elle ignorait ce que c'était. À l'instant, elle était trop concentrée sur sa bouche, alors qu'il mordillait le croisement entre son épaule et son cou. Un frisson la parcourut, faisant durcir douloureusement ses tétons.

Son érection semblait rigide et volumineuse. Il y avait trop de couches de vêtements entre eux. Elle gémit alors de frustration, tira sur sa chemise, lui faisant bien comprendre qu'elle le désirait. Elle voulait le prendre maintenant.

Il se leva et elle resserra ses bras autour de son cou, enroulant ses jambes autour de sa taille tandis qu'il avançait dans le couloir qui menait à la chambre. Parvenu au lit, il la déposa sur le matelas et s'éloigna.

— Déshabille-toi.

— Mais Connor...

— Maintenant.

Elle retira ses vêtements, puis le regarda se diriger vers la table de nuit et ouvrir le tiroir. Il en sortit son vibromasseur violet, son préféré, et le jeta sur le lit à côté d'elle.

Son cœur et sa respiration accélérèrent alors qu'elle finissait de se déshabiller.

— Je dois envoyer un message à Connor... Skype...

— Tu dois faire ce que je te dis.

Le sang afflua dans la tête de Paige, l'étourdissant un peu. Sa chatte se contracta et elle sentit un afflux d'humidité en son centre. Le ton autoritaire de cet homme pouvait la transformer en une marre d'excitation.

Elle effleura ses deux mamelons avec ses paumes et écarta les jambes pour lui montrer à quel point il la faisait mouiller.

Il se tenait au bout du lit, l'observant, l'expression impassible.

— Tu vas faire tout ce que je te dis.

— Oui.

— Tout ce que Connor te dira de faire.

— Oui, répondit-elle d'une voix haletante.

— Je veux que tu te fasses jouir avec ton vibromasseur pendant que j'installe l'ordinateur portable et que j'envoie un message à Connor.

Paige ferma les yeux et acquiesça. Elle voulait serrer ses

cuisses pour se libérer d'une partie du besoin grandissant. Mais elle souhaitait aussi lui permettre de tout voir, son corps déployé devant lui.

Elle attrapa son vibromasseur. Celui qui se tordait quand il était activé et qui était doté d'un appendice spécial pour stimuler son clitoris. Elle pouvait atteindre l'orgasme en quelques secondes lorsqu'elle l'utilisait. Elle ne l'avait jamais utilisé devant Gray ou Connor. Elle s'en était servi uniquement lorsqu'elle était seule.

Elle le fit dériver le long de ses plis humides, humectant le jouet afin qu'il puisse la pénétrer facilement. L'idée qu'un orgasme était à portée de main lui fit retrousser les orteils et un frisson lui traversa le corps. Elle appuya sur le bouton pour activer la vibration et plaça la tête du jouet à son entrée. Avant qu'elle ne puisse l'enfoncer au fond, Gray passa sa chemise par-dessus sa tête, la jeta sur la commode et sortit.

La bosse de son jean était indéniable. Paige sourit. Au moment où elle glissait le vibromasseur violet en elle, il revint, un ordinateur portable dans les mains. Elle appuya sur les boutons pour faire tourner le jouet.

Il l'ignora, installant l'ordinateur sur la commode en s'assurant que la caméra filmait le lit et ce que faisait Paige.

Les hanches de celle-ci se soulevèrent du matelas alors que l'intensité des vibrations stimulait à la fois l'intérieur de son vagin et son clitoris. Elle poussa un petit cri lorsque la combinaison des mouvements circulaires et des pulsations du jouet l'amena rapidement au bord du gouffre.

— Ne t'avise pas de jouir sans me le dire, lâcha-t-il alors qu'il lui tournait le dos.

Elle se mordit la lèvre inférieure et laissa échapper un juron.

— Je viens, Gray. *Putain*, je viens. Regarde-moi.

Lorsqu'il se retourna, le jouet, ainsi que l'idée que Connor et lui la regardaient décomposèrent son corps.

Elle était une vilaine exhibitionniste qui se donnait en spectacle. L'image fit vibrer encore plus intensément ses parois internes. Elle sortit le vibromasseur, l'éteignit et le jeta de l'autre côté du lit. Son clito était trop sensible pour continuer à l'utiliser. D'ailleurs, elle était prête pour passer à l'action.

— Connor, tu peux voir ta femme ? demanda Gray.

Paige leva les yeux vers l'écran de l'ordinateur portable.

Son mari était dans une chambre de motel, quelque part sur la côte ouest. Il allait regarder sa femme se faire baiser par un autre homme.

— Oui, t'es magnifique quand tu jouis, bébé, dit-il, sa pomme d'Adam bougeant quand il déglutit.

— Elle est déjà prête. T'es prêt à me regarder la baiser, Connor ?

Tout en parlant, Gray enleva le reste de ses vêtements jusqu'à ce qu'il se retrouve nu au pied du lit. Sa grosse érection rigide pointait dans la direction de Paige.

Connor ne lui répondit pas.

Gray tourna légèrement la tête vers la caméra.

— Connor, qu'est-ce que tu veux que ta femme fasse ?

— N'importe quoi. Tout.

— Sois plus précis, demanda Gray.

— Je veux... je veux qu'elle te prenne dans sa bouche. Et puis je veux te voir la fesser jusqu'à ce que son cul soit rouge et ensuite la baiser fort jusqu'à ce qu'elle n'en puisse plus... Putain, j'aurais aimé être là.

— Imagine-le, Connor. Tu pourrais la fesser et la baiser pendant qu'elle me suce.

Les mots de Gray l'excitèrent. Quand Connor resta silencieux, elle jeta un coup d'œil à l'ordinateur portable. Ses yeux étaient fermés. Elle avait l'impression qu'il tripotait quelque chose hors de l'écran. Paige se doutait de ce qu'il faisait. Elle savait à quel point il était excité quand il les observait, elle et Gray.

— Viens ici, lui indiqua Gray.

Elle se précipita au pied du lit et s'assit sur le bord.

Gray se rapprocha d'elle et se mit entre ses cuisses, sa bite près de ses lèvres.

— T'as entendu ton mari.

Paige entoura la base de son érection avec ses doigts et la serra tandis qu'elle léchait la couronne dodue. Elle le prit dans sa bouche et les mains de Gray s'enfouirent dans ses cheveux. Elle essaya de respirer calmement par le nez alors qu'il forçait sa tête à monter et descendre le long de sa longueur.

Elle leva les yeux alors qu'elle s'affairait avec sa langue et ses lèvres. Elle l'aspirait, puis le suçait plus doucement, diversifiant sa méthode.

Les yeux sombres de Gray étaient mi-clos, sa bouche pincée, un muscle de sa mâchoire tressaillant. Ses doigts se contractèrent sur son cuir chevelu.

— C'est ce que tu voulais, Connor ? demanda Gray, sans regarder l'écran.

— Oui, gémit Connor.

— Tu voulais me voir baiser le visage de ta femme ?

Un son étouffé provint de l'ordinateur portable, mais Paige ne prit pas la peine de regarder. Elle ne pouvait pas. À présent, Gray contrôlait le rythme de ses mouvements. Il maîtrisait la profondeur à laquelle elle l'avalait. Il heurta le fond de sa gorge à maintes reprises, tout en actionnant sa tête pour qu'elle réponde aux impulsions de ses hanches.

Paige s'efforça de détendre sa gorge pour éviter de s'étouffer. Mais c'était inutile. Paige frappa la cuisse de Gray. Elle était en train de s'évanouir.

— T'en as assez ? demanda Gray d'un ton bourru en ralentissant ses mouvements.

Il recula pour lui permettre de répondre.

Mais elle resta silencieuse, se contentant de hocher la tête et reprendre son souffle.

— C'était suffisant pour toi, Connor ?

Paige jeta un nouveau coup d'œil vers l'ordinateur.

Le visage de Connor était rouge et il hocha lentement la tête.

— T'as déjà joui ? s'enquit Gray.

— Presque... Non. Bientôt.

— On va bientôt y venir. Je te le promets. Qu'est-ce que tu veux que j'utilise pour la fesser ? Ceinture, main, spatule ?

On a une spatule ?

Et la ceinture était hors de question, bon sang.

— Juste ta main, dit Connor.

Paige soupira de soulagement. Les fessées torrides l'avaient toujours excitée. Mais être excitée et être « punie » étaient deux choses différentes.

— Mets-toi sur le lit, Paige. À quatre pattes.

Elle hésita et regarda l'expression sérieuse de Gray. Des pensées se bousculèrent dans sa tête.

— Paige, mets-toi sur le lit, répéta-t-il lentement en insistant sur chaque mot. Je ne te ferai pas mal.

Elle ferma les yeux pendant une demi-seconde. Il ne lui ferait naturellement pas mal. Elle lui faisait confiance sur ce point. Il voulait que leurs jeux sexuels soient excitants, pas rebutants. Bien que Gray soit directif et dominant, il n'avait jamais dépassé ses limites. Ni celles de Connor. Il ne franchissait jamais un certain stade.

Gray désigna le lit et Paige rampa jusqu'au centre, face à

la tête de lit, et à quatre pattes. Son corps commença à trembler à la perspective de ce qui allait suivre.

Sous le poids de Gray, le lit sombra derrière elle. Elle pouvait sentir la chaleur qui émanait du corps de l'homme. Son corps ressemblait à une fournaise près de sa peau.

Nue et à quatre pattes, elle était complètement soumise devant lui. Il mit une éternité à la toucher.

Quand il le fit, ce fut en glissant un doigt entre ses plis afin de vérifier si elle était mouillée.

— Connor, tu devrais sentir à quel point elle en a envie. N'est-ce pas, Paige ?

— Oui, confirma-t-elle en gémissant.

Il lui donna une petite fessée et elle sursauta, surprise. Cela lui donna également envie d'en redemander. Les doigts de Gray frappèrent sa chatte sensible, ce qu'elle n'avait jamais expérimenté, mais à chaque gifle, elle était foudroyée.

— Oh, mon Dieu ! s'écria Paige.

— T'aimes ça.

Ce n'était pas une question.

Parfois, elle pensait qu'il connaissait mieux son corps qu'elle. Ce n'était pas les fessées qu'elle avait imaginées.

— Oui, j'adore ça.

Les doigts disparurent et, sans crier gare, une langue caressa sa chair brûlante, taquinant son clitoris pendant un moment. Puis, très vite, il appliqua une nouvelle gifle, plus forte cette fois.

Elle fit un brusque mouvement vers l'avant, haletante. Elle se remit dans sa position initiale. Il recommença à maintes reprises jusqu'à ce que sa chatte soit tellement stimulée et luisante d'excitation que Paige fut sur le point de le supplier de la baiser.

Mais avant qu'elle ne puisse dire quoi que ce soit, sa paume s'écrasa sur sa fesse. Elle cria en ressentant la piqûre.

Ses muscles internes se contractèrent, désireux que Gray la remplisse.

Elle déglutit lorsqu'il lui asséna une claque sur l'autre fesse.

— C'est ça, Paige, regarde comme ta peau devient rose, murmura Gray. Tu vois la couleur, Connor ? demanda-t-il en élevant la voix. Tu vois comme le cul de ta femme est rouge ?

— Oui ! s'écria Connor. Oui. Encore. Continue.

Gray couvrit le corps de Paige avec le sien, mettant ses lèvres à son oreille.

— T'en veux plus, Paige ?

Elle hocha la tête, ses mots et son souffle contre son oreille la faisant frissonner.

Oui, j'en veux plus, pensa-t-elle. Pendant un instant, elle se demanda si quelque chose n'allait pas chez elle pour qu'elle soit si excitée. Seulement, elle avait l'impression de ressentir une intense piqûre sur sa peau, pas une douleur. Une montée d'adrénaline accompagnait chaque attaque de sa paume.

Le son de sa main contre sa peau était brutal, suivi d'un petit gémissement de Paige. L'air de la pièce rafraîchissait sa peau brûlante.

Gray passa sa main sur les deux fesses, puis les embrassa, sa langue remuant sur la zone qu'il avait frappée.

— Regarde comme son cul est beau comme ça, Connor.

Paige jeta un coup d'œil à l'ordinateur portable. Le visage de Connor était détendu et rouge, son bras bougeait rapidement, mais elle ne pouvait pas voir en dessous de son buste.

— Est-ce que tu vas jouir, Connor ? lui demanda Gray.

— Oui.

— Je veux que tu attendes pour qu'on vienne tous ensemble.

— Je peux pas…

— Tu peux, rétorqua fermement Gray.

Au lieu de lui asséner une claque, Gray s'enfonça violemment en elle, s'installant profondément. Il saisit ses hanches et les maintint en place tandis qu'il la pilonnait à plusieurs reprises, puis il s'arrêta. Il se pencha pour passer sa langue le long de la colonne vertébrale de Paige et embrassa le creux au-dessus de ses fesses.

— T'accueilles parfaitement ma taille, Paige. T'es faite pour moi, murmura-t-il à son oreille en se penchant.

Il se redressa et sépara ses fesses. Il la pénétra lentement, prenant son temps. Ses hanches se fléchissant à chaque mouvement. Il appuya un pouce contre son anus, taquinant le trou serré. De l'autre main, il toucha en même temps son clitoris avec son pouce.

La pression à l'avant et à l'arrière, le sentiment de satiété, elle agrippa les draps en ayant toutes ces sensations à la fois. Elle ferma les yeux alors qu'elle avançait vers l'orgasme. Son corps voulait, avait besoin de se libérer, mais ne voulait pas que tout prenne fin si tôt.

— Je peux sentir que tu te resserres autour de moi. Tu vas bientôt jouir ?

— Oui. Oui. Je veux jouir. Mais d'un autre côté, je n'ai pas envie de venir. Je ne me lasse pas de ce que tu fais.

Il décrivit plus vivement des cercles autour de son clito, puis pressa plus fort contre son anus jusqu'à ce qu'il viole la couronne. Il entra son doigt en elle, ses hanches martelant un motif sur son cul.

— On doit jouir tous ensemble.

Cette fois, il ne sembla pas si calme. La tension dans sa voix était évidente.

— Dis-moi quand tu seras prête.

Paige gémit de frustration. Elle était plus que prête. Il

fallait juste qu'elle se laisse aller. Qu'elle s'autorise à tomber de la corniche sur laquelle elle se trouvait.

— Connor », souffla Gray. T'es prêt ?

— Oui, répondit-il d'une voix rauque.

— Paige ?

— Oui. Oh, oui !

— Connor, je vais éjaculer au profond de ta femme... Maintenant !

Les intenses pulsations de son orgasme la firent crier. Gray se raidit et grogna dans son dos alors qu'il se soulageait au plus profond d'elle.

Puis, à une certaine distance, ils entendirent Connor pousser un juron.

Lorsque Gray se retira, elle s'effondra sur le lit et tourna la tête vers l'ordinateur portable.

— Je t'aime, bébé, lâcha-t-elle à l'attention de Connor après avoir pris quelques inspirations profondes.

— Je t'aime aussi, répondit-il d'un air épuisé. Mais ne crois pas que l'absence de préservatif m'ait échappé.

Puis, il coupa Skype.

— Je te l'avais dit, marmonna Paige dans le drap.

— Je vais m'en occuper, assura Gray avant que Paige n'entende la porte de la salle de bains se refermer.

Chapitre Huit

Connor regarda sa femme avec des yeux écarquillés. Il l'avait accueillie à la porte d'entrée lorsqu'elle était rentrée du travail, lui-même revenu de son voyage d'affaires sur la côte ouest à peine une heure plus tôt.

Après l'avoir embrassée fougueusement, il lutta contre l'envie de la traîner jusqu'à la chambre pour lui montrer à quel point elle lui avait manqué. Il n'était parti que quatre nuits, mais comme Gray vivait chez eux, son déplacement lui avait paru plus long que d'habitude. Savoir qu'un autre homme pouvait baiser librement votre femme lorsque vous n'étiez pas en ville nécessitait de s'habituer à l'idée.

La nuit dernière, l'utilisation de la webcam avait été excitante. C'était un bon moyen de participer lorsqu'il était en voyage d'affaires. Mais... et le grand *mais*, c'était que Gray n'avait pas utilisé de préservatif. Ce point n'avait pas été abordé avec Connor avant que ça ne se produise.

Alors, maintenant, il voulait des réponses. Il n'y avait pas de meilleur moment que maintenant, puisque Gray n'était pas à la maison.

— Depuis le début, on s'Est mis d'accord sur la nécessité de discuter des différents sujets. Pourquoi ne m'en a-t-on pas d'abord parlé ?

Il n'était pas en colère, mais plutôt déçu d'avoir été écarté.

Paige détourna les yeux et attrapa le verre de vin posé sur le comptoir.

— C'est arrivé comme ça, Connor. Je suis désolée qu'on ne t'ait rien dit avant.

Non seulement elle semblait désolée, mais elle avait aussi l'air un peu coupable. Peut-être que ce n'avait pas non plus été son choix.

— Et si tu tombes enceinte ?

Il n'était pas encore prêt à l'idée que Paige attende un bébé d'un autre homme. D'ailleurs, il ne le serait peut-être jamais. Logan et Ty avaient un superbe enfant avec Quinn, sans oublier qu'un autre était en route. Personne ne se souciait de savoir qui était le père biologique. Connor n'était pas certain que ce serait si facile pour eux.

Bon sang ! De toute façon, leur relation était *trop* récente pour parler de grossesses et d'enfants. Gray s'était peut-être fait opérer ? Un sentiment passager de soulagement l'envahit à cette éventualité.

— Je prends la pilule, lui rappela-t-elle.

— Je sais. Mais elle n'est pas fiable à cent pour cent.

— Les préservatifs non plus.

— Mais combinés...

— Connor, dit Paige d'un air impatient.

Elle prit une longue gorgée de vin, posa son verre et vint se placer devant lui.

— Paige.

Il ne voulait pas provoquer une dispute. Il ne s'agissait pas de ça. Il voulait le meilleur pour leur relation, qu'elle comprenne Gray ou non. Peu importe ce qui se passait entre eux trois, il ne voulait pas que leur mariage, leur relation, leur lien en pâtissent.

Il tendit la main et attrapa ses bras, l'attirant dans son étreinte. Il s'appuya contre le mur de la cuisine, la serrant contre lui.

— Si tu tombes enceinte et que ce n'est pas le mien ? murmura-t-il.

— Je ne vais pas tomber enceinte, chéri. Je ne suis jamais tombée enceinte depuis toutes ces années. La pilule est plutôt fiable dans mon cas.

— Tu lui fais suffisamment confiance pour avoir des rapports sexuels non protégés, Paige ? soupira Connor. On est tous les trois intimes, d'accord. T'es sûre qu'il n'a pas de relations sexuelles en dehors de notre relation ?

— D'abord, tu lui fais peur avec la possibilité de tomber enceinte, et maintenant tu veux semer le doute sur ma fidélité ?

La voix grave et les paroles enflammées provinrent du couloir.

Le cœur de Connor s'arrêta. Il pensait que Paige s'écarterait immédiatement de lui, mais ce ne fut pas le cas. Ils regardèrent tous les deux par-dessus leurs épaules l'homme qui se trouvait dans l'entrée de la cuisine.

— Qu'est-ce qui t'inquiète, Connor ? demanda Gray, adossé à la porte, les bras croisés sur la poitrine.

Il devait sortir de la salle de sport, car ses épaules semblaient plus musclées que jamais.

— Pourquoi tu penses que je commencerais une relation avec Paige et toi, pour ensuite faire volte-face et me retirer ? Je ne devrais pas avoir besoin de plus. Et c'est pareil pour vous deux.

Paige passa une main sur le torse de Connor avant de s'éloigner.

— Croyez-moi, vous me suffisez *amplement* tous les deux. Surtout parce que je ne veux pas finir estropiée.

Elle leva les yeux au ciel et gloussa. Elle attrapa ensuite son verre de vin et en avala une nouvelle gorgée. Puis, elle se tourna vers lui.

— Connor, Gray et moi en avons discuté hier. Je voulais t'en parler.

Gray se décolla du mur et entra dans la pièce, s'arrêtant devant Connor. L'homme était tellement plus grand que lui. Connor n'était pas un trouillard, mais il n'était pas non plus une bête de muscles. Parfois, la présence de Gray l'intimidait.

Mais il devait aussi admettre que ça l'excitait.

Connor regarda l'autre homme.

— Vous en avez discuté, mais vous ne m'avez pas consulté.

— Non, en effet, admit Gray. C'est ma faute, pas celle de Paige. Je lui ai dit que je m'en occuperais.

— Choix de mots intéressant, Gray. T'en occuper ou t'occuper de moi ?

Gray pencha la tête et passa une main dans sa barbichette.

— Tu veux que j'enjolive les choses ?

Ils se regardèrent un moment sans dire un mot. C'était un duel de testostérone.

Connor ne céda pas. Pas ici. Pas cette fois. Ils étaient en tort, et pas lui.

Gray décala son poids vers l'avant.

Connor resta immobile, à quelques centimètres de lui.

Finalement, Gray souffla et, au lieu de reculer, se rapprocha de Connor.

Ce dernier put sentir sur sa peau la chaleur dégagée par Gray, même à travers ses vêtements.

— Je m'excuse, dit Gray après un moment. Tout est de ma

faute. J'aurais dû demander votre avis sur la question et le respecter.

Connor fronça les sourcils. Quoi ? Venait-il de remporter une confrontation avec Gray ? Ou bien ce dernier essayait-il simplement de maintenir la paix ?

Dans tous les cas, la lutte de pouvoir entre eux était comme un aphrodisiaque pour Connor. Il avait le sentiment que c'était la même chose pour Gray.

— Merci, dit Connor.

Sa voix un peu rauque n'avait, bien sûr, rien à voir avec le gonflement soudain de sa bite dans son jean. Non, aucun rapport.

L'autorité qui émanait de cet homme l'excitait. Il ne s'agissait pas seulement de puissance physique. L'homme avait de l'intelligence et de la sagesse. Ce n'était pas un abruti de sportif.

— Je te fais bander ? lui demanda Gray en le regardant de haut, un sourcil hissé.

Sur le mur, Gray posa ses paumes pour encadrer la tête de Connor, se penchant encore plus près de lui.

Connor fixa les lèvres de Gray, se souvenant de la sensation qu'elles lui avaient procurée lorsqu'elles avaient enveloppé sa bite. Cela faisait une semaine qu'il n'avait pas couché avec Gray et Paige. Même s'il avait pris son pied hier soir en les regardant baiser, ce n'était pas la même chose.

Ce n'était jamais la même chose. Leurs caresses, la sensation de leurs peaux, leurs parfums lui avaient manqué.

— Connor, tu n'as pas répondu à ma question.

Les mots de Gray ressemblèrent presque à un grognement, et ses yeux contenaient une lueur prometteuse.

Connor décolla du mur l'une des mains de Gray et la plaça sur le bourrelet de son jean.

— T'en penses quoi ?

Les doigts de Gray le capturèrent fermement.

— Je pense que t'es prêt pour que je te baise.

Le sang monta à la tête de Connor. Ils n'étaient pas encore allés aussi loin. Gray l'avait préparé, et Connor savait que ce n'était qu'une question de temps, mais...

Gray voulait le posséder. La peur de l'inconnu l'envahit un peu. Connor se dit qu'il n'aurait aucune chance de prendre Gray, à moins que ce dernier soit son premier.

— T'as fait ce que je t'ai demandé ? lui demanda Gray dont les lèvres étaient à quelques millimètres des siennes.

Il suffisait d'un mouvement pour qu'elles entrent en contact. Embrasser Gray était tellement différent d'embrasser sa femme. Les lèvres de Paige étaient douces et souples. Celles de Gray étaient fermes et exigeantes, comme le caractère de l'homme.

— Oui, répondit doucement Connor.

— Combien de temps t'as tenu ?

L'excitation fit trembler Connor.

— Plus de six heures.

— Quand ?

— Aujourd'hui, murmura Connor.

Gray inspira profondément.

— Tu l'as retiré quand ?

— Je ne l'ai pas enlevé.

Gray écrasa les lèvres de Connor avec les siennes. Celui-ci sursauta devant la férocité du baiser. La langue de l'autre homme pénétra avidement dans sa bouche, explorant l'intérieur, prenant le contrôle. Connor gémit, son érection encore plus dure, ses couilles se tendant alors que Gray le plaquait contre le mur.

La bite de Gray donnait l'impression d'être une barre d'acier. Connor se demanda alors ce que ça ferait de l'avoir enfin enfoncée en lui, à la place du plug anal qui s'y trouvait actuellement.

Il avait fait ce que Gray lui avait demandé en utilisant le plug anal quotidiennement et prolongeant le temps d'utilisation. Il était surpris de constater qu'il appréciait vraiment l'étirement, la plénitude que cela lui conférait. Chaque fois qu'il l'avait inséré, son impatience augmentait à l'idée que Gray le possède. Sur le bateau de ce dernier, le sujet l'avait inquiété. Maintenant, il était impatient d'en faire l'expérience.

— J'ai pensé à toi toute la semaine, confia Gray, la respiration lourde. Je t'ai imaginé au travail avec le plug. Et maintenant... maintenant, j'ai hâte de te posséder.

Connor fut pris d'un petit vertige alors que l'excitation l'inondait.

Puis, il vit Paige, le visage rougi, les yeux pleins d'envie. Ses mains se posèrent sur une joue chacun.

— Je veux vous revoir vous embrasser. Vous n'imaginez même pas ce que ça m'a fait.

Connor imaginait à quel point Paige était mouillée, prête à ce que l'un d'eux ou les deux la fassent crier et jouir.

Connor saisit l'arrière du crâne lisse de Gray et l'attira dans un autre baiser. Il attrapa la lèvre inférieure de Gray entre ses dents et tira dessus avant de la relâcher et de passer sa langue sur les lèvres de l'homme.

— Tu joues avec le feu, Connor, souffla Gray en reculant suffisamment. Je vais peut-être devoir te baiser ici même, dans la cuisine, contre ce mur.

Puis, d'un geste brusque, il retourna Connor et le plaqua contre le mur.

Le cœur de Connor était sur le point de sortir de sa poitrine. Il plaqua ses mains contre le mur tandis que Gray se propulsait contre son cul.

— Bon sang, Gray, chuchota Paige.

Connor tourna la tête pour la voir.

Sa lèvre inférieure était coincée entre ses dents, et elle semblait se servir du mur pour se retenir.

Il comprenait ce qu'elle ressentait.

— Est-ce que je devrais déshabiller ton mari ici même et te montrer à quel point il est prêt à m'accueillir ?

Le souffle de Gray chatouilla l'oreille de Connor, ce qui le fit frissonner.

— Ici même, Connor ? lui demanda Paige.

— Ne lui demande pas, aboya Gray, avant même que Connor puisse lui répondre. C'est à toi que je le demande, Paige.

Elle regarda Connor avec incertitude.

Connor ne savait pas lui-même ce qu'il désirait à cet instant. Ici ? Au lit ? Était-ce vraiment important ? Mais il pouvait lire le doute sur le visage de Paige, car elle savait que c'était sa première fois. En fait, il ne verrait pas d'inconvénient à ce que Paige, ou même Gray, prenne la décision à sa place.

— La chambre.

Sa voix fut si basse que Connor ignorait s'il l'avait imaginée.

— Je veux que tu l'emmènes dans la douche. Je veux que vous vous laviez l'un l'autre. Aide-le à retirer le plug, Paige. Prépare-le pour moi.

Connor déglutit et acquiesça. Son attente était sur le point de prendre fin.

Paige lui prit la main, la serrant fort, et dès que Gray le dégagea du mur, elle conduisit Connor dans la chambre, puis dans la salle de bain principale.

— T'es sûr d'être prêt ? demanda-t-elle en fermant la porte et se tournant vers lui.

Osez être trois

Mon Dieu ! Qu'il aimait sa femme. Elle était belle, intelligente et ouverte d'esprit, la combinaison parfaite pour lui. Ils étaient tombés amoureux si aisément, presque instantanément. Lorsqu'il l'avait rencontrée, il avait su qu'elle était son autre moitié. Voilà qu'ils essayaient maintenant d'intégrer quelqu'un d'autre. Même s'ils en avaient discuté pendant longtemps, cela se réalisait puisque Gray avait emménagé presque deux semaines plus tôt. Il ne s'agissait pas d'une simple aventure sexuelle avec une tierce personne. Tout le monde prenait ça au sérieux.

Il n'allait pas le nier, à certains moments, il avait des doutes. Comment pourrait-il en être autrement ? Néanmoins, alors qu'ils se trouvaient dans la salle de bain et enlevaient tous les deux leurs vêtements, il repensa à la façon dont ils avaient tous les deux immédiatement été attirés par Gray ce soir-là. Même à l'autre bout de la pièce. Il se rendit compte de la chance qu'ils avaient eue. Non seulement il avait été prêt à tenter le plan à trois au lit, mais aussi au quotidien.

Seul l'avenir pourrait voir l'évolution des dynamiques dans leur relation. Mais pour le moment, la vie était belle avec sa femme. Mais elle était encore meilleure avec Gray dedans.

— Connor ?

Oh, c'est vrai. Elle lui avait posé une question. Paige se tenait maintenant nue devant lui. Il la toisa, de son crâne aux longs cheveux foncés jusqu'aux jolis orteils vernis. Ça lui paraissait étrange que son cerveau et son corps puissent être si excités par une tendresse, des courbes et des traits si féminins, alors qu'en même temps, ils l'étaient par les lignes et les plats rudes d'un homme, ses muscles saillants et son attitude masculine et dominatrice.

Il fit dériver une main sur la mâchoire de Paige, l'attirant suffisamment vers lui pour déposer un baiser sur ses lèvres.

— Ne t'inquiète pas. Je suis prêt. J'en ai envie.

Elle lui adressa un sourire hésitant.

Il lui rendit alors son sourire pour la rassurer.

— Maintenant, allons dans la douche. Tu pourras peut-être m'aider à retirer le plug. J'essaie encore de prendre le coup de main.

Paige gloussa en ouvrant la porte vitrée de la douche et régla la température de l'eau.

— Oh, tu rigoles, mais sérieusement, ça a été une sacrée expérience.

— Est-ce que ça t'a excité de le sentir à l'intérieur ?

Connor regarda les muscles du dos de Paige bouger alors qu'elle passait une main sous le jet, s'assurant que l'eau n'était ni trop chaude ni trop froide.

— Putain, oui. C'était bizarre au début. Mais une fois que je me suis détendu et que j'ai arrêté de m'inquiéter, j'ai vraiment aimé.

Se retournant pour lui faire face, l'expression de Paige fut sérieuse cette fois. Elle baissa la voix pour qu'elle soit couverte par le bruit de la douche.

— Connor, dis-moi la vérité. Ça te dérange qu'il soit si exigeant ?

Connor s'étonna qu'elle lui pose cette question maintenant. Si ça la préoccupait, ce point n'aurait-il pas dû être abordé avant que Gray emménage ?

— Non, Paige. Honnêtement, ça ne me dérange pas. Je pensais que ce serait le cas. Mais pour l'instant, ça va.

— Même avec cette démonstration dans la cuisine ?

— C'était plus excitant qu'autre chose, bébé. Je t'assure. Ne t'inquiète pas. J'interviendrai et dirai quelque chose si ça dépasse mes limites.

Elle hocha la tête et entra dans la douche.

Il la suivit, fermant la porte de la douche derrière lui. Mais sa question le fit réfléchir.

— Et toi ? T'es une femme forte et indépendante. C'est une des choses que j'aime chez toi. Est-ce que ça te dérange ?

Paige secoua la tête. Elle s'était fait un chignon et essayait d'éviter le jet d'eau.

Connor se plaça sous la pomme de douche. Il laissa l'eau chaude détendre ses muscles crispés et essaya de décontracter son sphincter pour retirer le plug.

Paige attrapa la fleur de douche et y versa un peu de savon, puis la fit mousser. Elle la passa sur les épaules et le torse de Connor. Cela faisait un moment qu'ils ne s'étaient pas douchés ensemble. Cette proximité et le fait de prendre soin l'un de l'autre manquaient à Connor.

— T'as besoin de t'accroupir ou faire un autre truc ?

Connor ne put s'empêcher de rire.

— Je ne sais pas. Celui-ci est plus grand que celui avec lequel j'ai commencé. J'espère qu'il est plus facile à sortir qu'à rentrer. Mais j'en doute. Je te jure, j'ai utilisé toute une bouteille de lubrifiant.

— Pauvre bébé. Tu veux que je t'aide ?

— Oui. C'est tellement romantique que t'enlèves un gros jouet en latex de mon cul.

En riant, elle fit tournoyer l'éponge savonneuse sur ses hanches et sur ses cuisses.

— Eh bien, ta bite ne s'est pas calmée depuis qu'on a quitté la cuisine.

Elle ne s'était pas ramollie depuis que Gray l'avait plaqué contre le mur. Cela devenait un peu gênant, surtout avec sa femme nue devant lui, nappée d'eau. Il s'imagina en train de s'introduire dans sa chaleur humide. Il se demanda alors ce que cela ferait de la baiser avec le plug.

Bon sang ! Il faudrait peut-être qu'ils essaient.

Cependant, Connor doutait que cela se produise à ce moment précis, car Gray attendait et ce qu'il désirait, il l'obtenait. Il gloussa.

— Qu'est-ce qu'il y a de drôle ? demanda Paige.

Il secoua la tête.

— Rien. Tout. OK, va falloir que je trouve un moyen d'enlever ce truc.

— Tu veux que Gray vienne l'extraire ? Je suppose qu'il a plus d'expérience que nous à ce sujet.

Elle avait probablement raison, mais non... Il voulait le faire lui-même. Enfin, elle n'avait peut-être pas tort.

Elle aspira une bouffée d'air pour crier le nom de Gray, mais au même moment, la porte en verre dépoli s'ouvrit. Il se tenait là.

Sa peau sombre scintilla avec la vapeur d'eau dans la salle de bains.

— J'attends si longtemps pour une raison précise ? demanda-t-il en observant la scène qui se déroulait devant lui.

— Oui, dit Paige en riant. Connor a besoin de ton aide.

Gray haussa les sourcils et regarda Connor, attendant l'explication.

— Un petit conseil serait le bienvenu, ajouta Connor.

Il devrait être gêné par la situation, mais il ne l'était pas. Le type allait bientôt approcher son cul de manière intime, alors qui se souciait de savoir si l'homme devait l'aider pour y arriver.

C'est alors que Gray rejeta sa tête en arrière et éclata de rire.

Connor regarda Paige, qui le contempla avec surprise, puis ils se mirent tous les deux à rire.

— Je ne peux pas entrer dans la douche quand vous y êtes

tous les deux. Alors soit vous vous en occupez, soit Paige doit sortir.

Paige commença à sortir, puis s'arrêta.

— Je veux le faire. Juste, guide-nous.

— Ce n'est pas sorcier, dit Gray, l'hilarité toujours présente dans sa voix.

— Je sais, mais je ne veux pas lui faire mal.

— Paige, doucement. Si tu penses que ce jouet va lui faire du mal, alors qu'est-ce que ça va donner avec moi ?

Elle hésita et jeta un coup d'œil à Connor.

Eh bien... Son mari n'y avait de toute évidence pas réfléchi avant. Son assurance face à l'idée d'avoir des relations anales avec Gray venait de dégringoler.

Merde...

— Ah, bon sang, marmonna Gray. Connor, regarde-moi. Détends-toi.

Connor ignorait pourquoi Gray lui donnait l'ordre de se détendre en pensant que son corps obéirait. Mais il essaya de se mettre dans le bon état d'esprit, demandant à ses muscles de se ramollir, sa respiration de se calmer.

— Embrasse-moi, exigea Gray.

Connor se pencha hors de la douche pour prendre les lèvres de Gray.

Ce dernier tendit la main et enroula ses doigts autour de la bite encore dure de Connor, la caressant lentement. Connor gémit contre les lèvres de l'autre homme, son esprit déviant de la situation en question à ce que Gray lui faisait. L'autre homme introduisit sa langue dans la bouche de Connor, tandis que ses mains faisaient de la magie, jouant avec sa bite, capturant ses couilles et les pressant légèrement.

Les mains de Paige caressèrent son dos et ses fesses, ses paumes glissantes de gel douche. Plus Connor se détendait, plus elle descendait, caressant la chair de ses fesses, puis entre elles. Il la sentit prendre l'anneau de latex et tirer légèrement. Mais son corps résista, se contractant.

Gray mordit sa lèvre inférieure, ce qui fit sursauter Connor. Alors qu'il était distrait, Paige retira le plug.

Connor gémit en sentant l'étirement et le petit pincement. Subitement, il se sentit très vide. Beaucoup trop vide.

Gray recula, passant son pouce sur la petite coupure de la lèvre de Connor.

— Ne t'inquiète pas, je serai bientôt en toi.

Il coupa l'eau, et ils sortirent tous les deux de la douche, attrapant des serviettes pour se sécher.

— Je vous attendrai dans le lit, indiqua-t-il en sortant de la salle de bain avec un petit sourire malicieux.

Connor ne put s'empêcher d'observer les muscles de l'autre homme se contracter quand il s'éloigna.

Lorsque Paige et lui entrèrent dans la chambre, Gray était sur le lit. Il les attendait, comme il le leur avait dit. Il avait posé des préservatifs et une bouteille de lubrifiant sur la table de nuit, à portée de main.

Cependant, Gray ne souriait plus.

Il avait les narines dilatées et les observait attentivement à mesure qu'ils s'approchaient. Il avait l'air bestial, prêt à bondir. Il était adossé à la tête de lit, le regard rivé sur eux.

Un frisson parcourut Connor.

Paige monta sur le lit, rampant jusqu'à Gray. Il ne la regarda pas. Il n'avait d'yeux que pour Connor.

Ce dernier s'empara de son sexe et caressa sa longueur. Son érection était plus dure que jamais. Il voulait s'enfoncer dans la douceur de Paige, mais il voulait aussi sentir Gray au plus profond de lui.

Était-ce possible de faire les deux en même temps ? Il l'espérait bien.

— Je veux baiser Paige pendant que tu me baises.

Connor se tenait toujours au bout du lit, toisant ses deux amants. Il imaginait qu'aucun d'eux ne refuserait sa proposition.

Le regard de Gray se porta sur Paige, puis sur lui.

— On peut faire ça.

L'idée seule donna envie à Connor de se décharger. Il ferma les yeux un instant et inspira. Il fallait qu'il garde son sang-froid. Cette soirée était importante pour lui, et il devait retrouver son calme pour cette étape.

— Connor... commença Paige en lui tendant une main. Je veux ton visage entre mes cuisses pendant que je prends Gray dans ma bouche.

Connor sauta presque sur le lit. Paige se décala et descendit sur le matelas. Connor saisit alors ses cuisses, les écarta et, sans hésiter, savoura sa délicieuse femme.

Elle était déjà humide et chaude. Ses plis devinrent soyeux et dodus alors que la langue de Connor entrait et sortait de son sexe. Il fit glisser le bout sur son clitoris, ce qui fit décoller les hanches de Paige du lit. Ses cuisses serrèrent sa taille au niveau de ses oreilles pendant un moment avant de le libérer. Il leva les yeux et vit le large dos de Gray devant le corps de Paige. Il se mit alors à califourchon sur elle. Bien qu'il ne puisse pas la voir, il pouvait imaginer la longueur dure de Gray disparaître dans sa bouche alors qu'elle le suçait.

Connor glissa deux doigts à l'intérieur du sexe de Paige, sentant ses muscles se resserrer autour de ses doigts, essayant de l'attirer plus profondément. Il fit tournoyer sa langue autour de son bouton sensible, le faisant se crisper tandis que ses hanches s'agitaient. Ses gémissements étaient étouffés par Gray qui lui remplissait la bouche. Il pouvait voir les fesses de l'autre homme fléchir tandis qu'il enfonçait sa bite dans la bouche de Paige.

Connor suça sa chair gonflée tout en courbant ses doigts pour trouver le point magique de sa femme. Celui qui la faisait gicler et crier lorsqu'il le touchait. Avec ses lèvres qui suçaient son clito et ses doigts profondément enfoncés en elle, elle atteignit l'orgasme. Il put sentir la chaleur humide qui la rendait encore plus glissante, et la préparait à recevoir sa bite. Des gouttes de précum perlèrent sur la tête de son érection.

Il ne pensait pas pouvoir attendre plus longtemps. Il se déplaça donc sur le lit pour voir les mains de Gray saisir les cheveux de Paige alors qu'il lui baisait la bouche. Des larmes coulèrent aux coins de ses yeux à cause de la longueur qu'elle devait loger dans sa bouche... Mais elle ne s'arrêta pas. Elle accepta chaque centimètre de son sexe.

Les yeux de Gray étaient fermés et sa tête renversée vers l'arrière alors qu'il relevait la tête de Paige pour rencontrer chacune de ses poussées. De petits sons au fond de sa gorge ramenèrent l'attention de Gray vers son visage. Il desserra sa prise sur ses cheveux, puis la relâcha complètement, reculant ses hanches jusqu'à ce que seule la tête de sa bite soit entre ses lèvres.

— Je veux jouir dans la bouche de ta femme, mais je garde tout pour toi, indiqua-t-il en tournant les yeux vers Connor. T'es prêt ?

— Oui.

Oui, il se sentait plus que prêt. Connor était sur le point d'exploser.

Gray déposa un baiser sur le front de Paige avant de s'éloigner pour attraper le lubrifiant et le préservatif sur la table de nuit.

— Je t'aime, bébé, chuchota Connor à Paige avant de l'embrasser et de s'installer sur elle.

— Je t'aime aussi, lui répondit-elle avec un sourire.

Il baissa la tête et attrapa l'un de ses tétons froncés avec sa bouche, éraflant le bout rose avec ses dents. Le dos de Paige se cambra lorsqu'il tira sur l'un d'eux avec ses lèvres, sur l'autre avec ses doigts. Il déposa des baisers sur la peau extérieure de ses seins, murmurant contre sa peau à quel point cela allait faire du bien.

Le lit bascula quand Gray se plaça derrière lui, les doigts de l'homme agrippant soudain ses hanches.

Connor tourna la tête pour regarder derrière lui. Pendant une seconde, il douta presque en découvrant la longueur et la circonférence du sexe de Gray, enveloppé de latex et de lubrifiant.

— Tu vas faire ce que je te dis, Connor.

Oui, bien sûr. L'homme avait plus d'expérience que lui en la matière, il était donc logique de suivre ses indications.

— Dis-moi que tu m'as entendu.

— Oui, je t'ai entendu, assura-t-il à Gray.

D'un signe de tête, Gray se rapprocha de lui, la chaleur et la longueur de sa bite se pressant contre sa fente. La simple sensation de l'autre homme contre sa peau lui donna envie de reculer, de l'inviter à entrer. Mais il attendit. Gray savait ce qu'il faisait.

Le lubrifiant frais coula sur son anus et la fente de son cul. Connor retint un cri de surprise et se retourna pour regarder sa femme allongée sous lui. Ses pupilles étaient dilatées alors qu'elle observait son visage, ses expressions. Ses yeux déviant parfois vers Gray.

Les doigts répartirent le lubrifiant en cercles autour de son entrée serrée, pressant doucement dessus, l'encourageant à s'ouvrir, à accepter Gray. Depuis qu'il avait commencé à utiliser les plugs anaux, la pression et l'étirement provoqué par le doigt de Gray ne lui semblaient plus aussi étrangers. C'était bon, et il en voulait plus. Il était prêt à accueillir plus qu'un doigt ou deux. Il était prêt à se faire complètement possédé par l'autre homme.

Gray fit entrer et sortir deux doigts, ajoutant du lubrifiant, le préparant pour la suite.

— Mon Dieu, t'es encore tellement serré, dit-il d'un air tendu.

Ce n'était pas Gray qui lui demandait s'il était prêt. C'était Paige. Et quand il lui répondit, il la regarda dans les yeux tandis que Gray pressait la tête de sa bite contre lui, l'ouvrant. Connor eut soudain envie de se propulser en arrière.

Mais Gray maintint ses hanches comme dans un étau.

— Ne bouge pas. Laisse-moi faire, fut tout ce qu'il dit.

Paige ne le regardait plus et observait désormais Gray. Pendant une seconde, Connor souhaita aussi voir Gray. Il pouvait imaginer l'air d'extase que l'homme arborait alors qu'il s'enfonçait lentement dans le canal étroit de Connor.

Une fois que Gray eut franchi l'anneau serré, Connor se détendit davantage, la sensation de plénitude le submergeant. Cependant, l'homme avait encore du chemin à faire.

Lorsque Gray fut enfin complètement installé, il lâcha un grognement.

Le son guttural qui provenait du fond de sa gorge fit encore plus bander Connor. La pression contre sa prostate le força à fermer les yeux. C'était à la fois étrange et incroyable que Gray fasse partie de lui.

Il était impossible d'établir un lien plus étroit avec une autre personne qu'en ayant une partie d'elle à l'intérieur de soi.

Son cœur martela sa poitrine et il ouvrit les yeux pour regarder Paige.

Elle avait les yeux mi-clos, les joues rougies et tordait ses deux tétons entre ses doigts.

— Je te veux en moi tout de suite, bébé, lui dit-elle.

Oh, il en avait tellement envie lui aussi.

— Pas encore, les avertit Gray.

Les mots donnèrent l'impression de passer entre des dents serrées.

Gray se retira lentement, mais pas complètement. Puis il s'enfonça à nouveau, tout aussi lentement.

Connor n'avait eu qu'un aperçu du plaisir qu'il pouvait éprouver avec le plug. Maintenant que Gray était en lui, il n'en revenait pas du plaisir qu'un autre homme puisse lui procurer.

— Baise-moi, l'encouragea Connor qui voulait que Gray aille plus vite.

— J'ai besoin... d'y aller... lentement, précisa Gray en haletant pour essayer de parler. Donne-moi... un instant.

Il était rassurant de savoir que l'homme avait une faiblesse... un truc qui pouvait lui faire perdre le contrôle. Le sexe anal devait être sa Kryptonite.

Bien que Connor ait voulu sourire à sa découverte, il en fut incapable, car Gray décida d'accélérer le rythme. Et pas si délicatement.

Gray maintint les hanches de Connor en place alors qu'il le baisait durement, les peaux claquant l'une contre l'autre.

Connor cria, ses doigts creusant les draps. L'envie de jouir fut si forte que Connor trouva ça carrément fou. Mais il ne voulait pas éjaculer. Pas tout de suite. Il voulait gicler à l'intérieur de Paige. Il essaya de reprendre son souffle pour le dire à Gray, mais il n'y parvint pas. Au lieu de cela, chaque propulsion des hanches de Gray le faisait grogner.

Après ce qui lui sembla être une éternité, mais qui n'était en réalité que quelques secondes, Gray ralentit. Ses doigts se décrispèrent sur les hanches de Connor.

— Baisse prudemment tes hanches, Connor. Baise ta femme.

Gray conserva leur connexion tandis que Connor s'abaissait avec précaution entre les cuisses de Paige. Elle avait plié les genoux et l'aida à le guider à l'intérieur d'elle. Lorsqu'il fut entouré de sa chaleur humide, il faillit perdre la tête.

C'était exactement comme il l'avait imaginé. La douceur de Paige, la dureté de Gray. L'envie de s'enfoncer en elle devint forte.

— Tu contrôles le mouvement, Connor.

Soudain, ce que Gray avait dit prit tout son sens.

À chaque poussée et traction des hanches de Connor, il baisait Paige alors que Gray le baisait. Pour une fois, Connor avait le contrôle. Plus il baisait sa femme, plus Gray le baisait.

Jusqu'à ce que la tête de Connor tourne. Il était sur le point de perdre les pédales.

Paige se tortilla sous lui, l'encourageant à la baiser plus vite, plus fort. Ses hanches se ruaient contre lui. Les doigts de Paige trouvèrent son clito et l'entourèrent, le pressèrent, l'écrasèrent jusqu'à ce qu'enfin, elle bondisse contre lui en criant.

Son corps se mit à vibrer autour de lui, serrant et relâchant sa bite comme un poing.

Puis, comme elle, il vola en éclats, sa bite pulsant au plus profond d'elle. Ce fut le soulagement le plus intense de sa vie.

Au-dessus de lui, Gray grogna une dernière fois avant de s'immobiliser, sa bite pulsant au plus profond de Connor.

Et c'est ainsi qu'ils ne firent plus qu'un à trois.

Chapitre Neuf

Paige se réveilla dans un enchevêtrement de jambes, ce qui n'était pas surprenant. Mais ce qui *était* étonnant, c'était qu'elle ne s'était pas réveillée au milieu des deux hommes. Pour la première fois depuis que Gray avait emménagé, il avait dormi entre Connor et elle.

Lorsqu'elle releva la tête, elle s'attendit presque à les voir blottis l'un contre l'autre. Mais ce n'était pas le cas. Gray était couché sur le dos, occupant la majeure partie du lit. Il avait tendance à accaparer la place. En plus, ce n'était pas comme si le lit n'était pas assez grand.

Lorsqu'il avait emménagé, ils avaient décidé de mettre deux matelas queen-size ensemble. Cependant, c'était toujours étroit pour Monsieur Je-Monopolise-Le-Lit.

Avant qu'elle ne puisse s'extirper tranquillement des draps pour soulager sa vessie pleine, un bras sombre l'entoura et la serra contre lui.

– Où crois-tu aller ? demanda-t-il d'une voix rauque à cause du sommeil, ce qui la fit frissonner.

– Faire pipi.

– Reviens vite, dit Gray en hochant la tête et la relâchant.

Elle fit comme il lui demandait, non pas parce qu'elle ne l'aurait pas fait, mais parce qu'elle était encore épuisée après les activités de la veille. Elle avait besoin de plus de sommeil et de câlins.

Lorsqu'elle se glissa à nouveau sous les couvertures, elle accrocha une cuisse à la jambe de Gray qui était de la taille d'un tronc d'arbre. Elle posa sa tête sur son torse et arbora un grand sourire satisfait.

– Heureuse ?

Les mots de Gray firent vibrer son buste et remontèrent jusqu'à son oreille.

– Oui.

– Pourquoi ? l'interrogea-t-il.

La question était étrange et elle ignorait de quelle façon y répondre. Analyser son bonheur n'était pas quelque chose qu'elle faisait au réveil. Mais elle se sentait vraiment heureuse.

La réponse n'allait peut-être pas plus loin que les deux hommes allongés dans le même lit qu'elle. Ou alors son bonheur était lié à la douleur entre ses jambes découlant des différentes façons dont ils avaient joui la veille. Peut-être que c'était dû au fait que son mari ait enfin obtenu ce qui le faisait fantasmer depuis si longtemps, mais qu'il avait eu trop peur de poursuivre.

Peut-être.

– Je le suis tout simplement, dit-elle en levant les yeux vers le visage de Gray. Et toi ? T'es heureux ?

– Oui, répondit-il.

Elle n'attendait rien de plus que cette réponse courte et droit au but, mais elle demanda quand même.

– Pourquoi ?

– Je le suis, tout simplement, répéta-t-il, un sourire rompant le sérieux de son expression.

Elle lui rendit son sourire, parcourant son court bouc touffu avec ses doigts.

– Tu sais, je déteste les poils sur le visage.

– Vraiment ? s'étonna-t-il en haussant un sourcil.

Elle leva légèrement les épaules.

– Ouais. Jamais aimé sur les hommes. Mais ça te va bien.

Il attrapa ses doigts et les porta à ses lèvres pour déposer un petit baiser à leur extrémité.

– C'est vrai ?

– Mmmh. T'es la version noire de M. Propre avec tes boucles d'oreilles en or et tout le reste.

Il s'esclaffa.

– M. Propre n'a pas de bouc.

– Meh. Peut-être qu'il devrait.

Connor s'étira et bâilla de l'autre côté de Gray.

Paige souleva légèrement sa tête du torse de Gray pour regarder son mari.

– Comment te sens-tu ce matin ?

Connor fronça les sourcils, se décala un peu, puis roula sur le flanc pour les regarder. Sa tignasse était en désordre.

Paige fut tentée de tendre la main pour les aplatir.

– Un peu endolori.

– Il fallait s'y attendre, dit Gray.

– J'ai fait un rêve la nuit dernière. J'ai compris quel était mon fantasme le plus profond et le plus sombre. Sauf que le mien n'est pas profond.

Il bâilla à nouveau et se frotta les yeux.

– Ni sombre, en fait.

Paige avait presque oublié la question que Gray leur avait posée sur le bateau. Elle n'y avait pas beaucoup réfléchi, et Gray n'avait pas cherché à obtenir sa réponse.

– Alors ? insista-t-elle.

– *Eh biiiieen*, j'ai envie de faire l'amour en public, répondit Connor.

– Tous les trois ?

C'était risqué pour deux personnes de faire l'amour en public et de ne pas se faire prendre. Mais à trois ? Paige se demandait si c'était possible.

– Dans mon rêve, oui. Mais on était sur une scène devant un public.

– Comme un spectacle de sexe ? demanda-t-elle.

– Je pense que oui, répondit Connor en haussant les épaules. C'était un rêve. C'est pas comme si j'avais tous les détails.

– Je doute que nous baisions devant un public, dit finalement Gray.

Curieusement, ce fut lui qui finit par lisser les cheveux de Connor. Ce dernier agit comme si c'était une chose normale entre eux deux et Paige ouvrit la bouche pour le faire remarquer, mais elle la ferma parce que c'était inutile. Les deux hommes semblaient beaucoup plus proches après la nuit dernière. Elle ne voulait pas attirer l'attention sur eux au cas où ils seraient gênés. Elle secoua mentalement la tête. Graydon Ward n'était pas du genre à être gêné. Quelle idiote. À quoi pensait-elle ?

– Non. Mais on peut peut-être y arriver d'une manière ou d'une autre, dit Connor. On n'a pas besoin d'être observés, n'est-ce pas ? C'est la peur de se faire prendre qui est excitante.

– Comme faire l'amour sur la plage ? suggéra Paige.

– Non. J'ai déjà fait ça sur la plage. Je ne recommencerai pas, avoua Connor. Une peau humide, du sable, des frottements et les parties sensibles ne font pas bon ménage.

— Je peux imaginer, murmura Gray. Il y a toujours la proue du bateau.

— Dans la marina, ajouta Connor.

— Ouais, si tu cherches à être arrêté, chéri, rétorqua Paige en fronçant les sourcils. C'est un grand non.

— On peut trouver une solution, assura Gray, puis il tourna son regard vers Paige qui était toujours allongée sur son torse. Et toi ? T'as réfléchi à ton fantasme le plus profond et le plus sombre ?

— Non. Mais je vais le faire. Et toi ?

— Je vous révélerai le mien au bon moment, répondit-il.

Vraiment ? Il avait donc un fantasme qui devait être révélé au bon moment ? *Intéressant.* Une sonnerie stridente fit sursauter Paige. Elle ne la reconnut pas et sut donc que ce n'était pas son téléphone.

Personne ne bougea pendant un moment. Puis Connor attrapa le téléphone fautif et le passa à Gray.

— C'est le tien, dit-il.

Gray fronça les sourcils en fixant le nom de l'appelant.

Paige pensa qu'il laisserait sa messagerie vocale prendre le relais, mais à la dernière seconde, il appuya sur l'écran et salua la personne à l'autre bout du fil d'un ton bourru.

Elle se sentait coupable d'écouter cette conversation, mais les réponses et les questions courtes de Gray ne dévoilaient rien. Si Gray voulait de l'intimité, il pouvait quitter le lit. Néanmoins, la conversation prit fin au bout de quelques minutes.

Les yeux de Connor s'étaient refermés. Mais apparemment, il ne dormait pas vraiment, car il tendit la main pour prendre le téléphone de Gray. Puis, sans un mot, il le reposa sur la table de nuit.

Paige mourait d'envie de demander à Gray qui l'appelait

si tôt un samedi matin. Mais connaissant sa discrétion, il n'apprécierait probablement pas sa curiosité.

– Eh bien, commença Gray en se redressant et se calant contre la tête de lit.

En bougeant, la tête de Paige glissa sur ses genoux. Il enchevêtra alors ses doigts dans ses cheveux, tandis que son pouce caressait son oreille.

Paige n'avait jamais réalisé à quel point les oreilles étaient une zone érogène. Pas avant Gray. Aucun homme ne l'avait caressée, léchée ou sucée à cet endroit. Pas même Connor.

– Eh bien, reprit Gray. Ma sœur sera en ville le week-end prochain. Et elle aimerait qu'on se voie.

– Laquelle ? demanda Paige, se souvenant qu'il avait trois frères et sœurs et que Gray était l'aîné.

– La plus jeune, Gia. Mais voilà. Elle vient avec ma sœur et mon frère. Apparemment, j'ai négligé ma famille. Comme je ne vais pas leur rendre visite, ils ont tous décidé de venir ici.

– Ici ? Dans cette maison ? s'enquit Paige, surprise qu'ils soient au courant pour Connor ou elle.

– Non, répondit-il en secouant la tête. Chez moi. Ils arriveront vendredi soir et resteront tout le week-end.

Paige fut incapable de déterminer s'il était ravi ou énervé par cette visite inattendue. Il ne parlait pas de sa famille ou de leurs relations. Elle n'avait pas non plus pris la peine de lui poser des questions. Elle savait qu'elle n'obtiendrait que ses classiques réponses courtes, voire aucune réponse du tout. Paige apprenait à le laisser s'ouvrir à son rythme. De temps à autre, il révélait une pièce de son puzzle complexe. En général, au moment où ils s'y attendaient le moins.

– En gros, tu dis que tu seras de retour chez toi le week-end prochain pour être avec ta famille. Ce n'est pas un problème, dit Connor en s'enfouissant plus loin dans les couvertures et plaçant un oreiller sous sa tête.

— Non, ce n'est pas ce que je dis. C'est ce que *tu* dis, rétorqua Gray.

— Attends, dit Paige. Est-ce qu'il y a une fête que j'ai oubliée ou que je ne connais pas ? Pourquoi maintenant ?

— On m'a dit qu'ils avaient trouvé cette date selon leurs emplois du temps. Comme je ne voyage pas ce mois-ci pour le recrutement, c'était le bon moment. Par contre, ils ont oublié de me demander ce que j'en pensais.

Gray avait l'air un peu amer.

Maintenant, elle se posait vraiment des questions sur ses relations avec sa famille.

— Ce ne sera que pour quelques jours, Gray. On survivra sans toi pendant ce temps, n'est-ce pas, chéri ? demanda Paige à Connor.

— Non, répondit Gray avant que Connor puisse répondre. Vous viendrez avec moi.

Il jeta un coup d'œil à Connor, puis à Paige.

— Tous les deux.

Les sourcils de Paige remontèrent jusqu'à la racine de ses cheveux. Elle se dégagea pour s'asseoir, enroulant le drap autour d'elle.

— Tu penses que c'est une bonne idée ?

— Devrais-je cacher notre relation à ma famille ?

Bonne question. Paige n'avait que son frère, et il était au courant de leur arrangement. Mais c'était lui qui en était à l'origine. Sa relation polyamoureuse et sa vie avaient montré à Paige qu'il était possible de vivre harmonieusement à trois.

Alors, évidemment, Logan n'y voyait aucun inconvénient. Sinon, ce serait hypocrite.

— Non, je suppose que non. Mais c'est une chose de leur

en parler... c'en est une autre de le leur mettre sous le nez quand ils ne s'y attendent pas.

– Je ne leur mets rien sous le nez. S'il n'y avait que toi et moi, Paige, je m'attendrais à ce que tu sois à mes côtés quand ma famille me rend visite. Et vice versa. Et si j'étais gay et que Connor était mon unique partenaire, ce serait la même chose.

Un pouce levé sortit de la pile de couvertures située du côté de Connor.

– Ta famille sait au moins que t'es bisexuel ?

Paige réalisa qu'il n'avait jamais utilisé l'étiquette bisexuelle pour parler de sa sexualité. Mais c'était ce qu'il était. La société allait l'étiqueter, qu'il le veuille ou non.

– J'en suis sûr, murmura-t-il.

Non, elle n'en était pas encore convaincue.

– Mais tu leur en as vraiment parlé ?

– Ce n'est pas un sujet que l'on aborde à un repas de famille, Paige.

Il avait peut-être raison. Logan n'a jamais vraiment annoncé qu'il était bisexuel. Il était juste tombé amoureux de Ty et celui-ci avait intégré sa vie. En fait, pendant longtemps, Paige avait cru que Logan était gay, et non bisexuel. Ce n'était que lorsqu'il avait fait entrer Quinn dans leur relation que Paige avait compris que son frère était bisexuel. Pas qu'elle s'en soit souciée. Elle souhaitait seulement que son frère soit heureux. Surtout après les débuts difficiles de sa vie.

Ty avait rendu Logan meilleur. Elle l'aimait comme un frère et Quinn comme une sœur, prouvant que la famille ne reposait pas toujours sur les liens de sang.

– Tu dois aborder notre relation comme n'importe quelle autre relation, dit Gray en saisissant son poignet et le portant à ses lèvres.

Le bout de sa langue chatouilla la peau de Paige. Elle se détendit un peu, s'installant de nouveau à ses côtés.

— On n'a aucune raison de se cacher, même si notre relation est atypique.

— Je n'ai jamais dit que je voulais la garder secrète, protesta Paige.

— T'es nerveuse à l'idée de rencontrer ma famille ? lui demanda-t-il.

— Non, pas nerveuse. Je suis plutôt inquiète de leurs réactions. Mais en réalité, toute nouvelle petite amie ou tout nouveau petit ami est nerveux à l'idée de rencontrer la famille de son nouveau partenaire, non ?

Gray s'esclaffa à l'utilisation du mot « soupirant ».

— Je suppose que t'as raison. Je serais peut-être un peu anxieux en rencontrant la famille de Connor pour la première fois.

À la mention de son nom, Connor sortit la tête de sous les couvertures.

— Euh, ce n'est pas près d'arriver. Ils sont tous rentrés en Australie. Et ils ne sont pas très ouverts d'esprit. Croyez-moi. En fait, ils n'étaient pas vraiment ravis que j'épouse une cinglée d'Américaine.

Paige prit un oreiller derrière elle et se pencha sur Gray pour frapper Connor.

— Une cinglée d'Américaine. *Je t'en prie*. Ils étaient contents que je t'ôte de leurs bras. En plus, ta famille m'adore.

Connor fit un bruit en se réfugiant sous les couvertures pour éviter un autre coup d'oreiller. En riant, il tendit ses deux mains pour montrer qu'il abandonnait.

— Si tu me fais des bleus, bébé, je dirai à ses frères et sœurs que je suis ton esclave sexuel.

— Ça leur donnerait vraiment la migraine, plaisanta Paige.

La tête de Paige tournait. À tel point que le bruit de la sonnette la fit sursauter. Elle se mordit la lèvre inférieure et se tordit les mains.

Ce serait la première fois que leur nouvelle relation serait exposée à des étrangers. Enfin, des étrangers pour Connor et elle, en tout cas.

Gray la fixa d'un air renfrogné jusqu'à ce qu'elle libère sa lèvre.

– Calme-toi. Tu fais comme si c'était bien plus grave que ça ne l'est vraiment.

– Peu importe, Monsieur Force-Tranquille.

Il secoua la tête et se dirigea vers l'entrée principale pour faire entrer ses invités, c'est-à-dire ses frères et sœurs.

Paige attendit, ou plutôt se cacha, dans la cuisine, se demandant où pouvait bien être Connor. La maison de Gray était bien plus grande que la leur. Elle avait donc parfois du mal à savoir où se trouvaient les hommes.

Plusieurs voix s'élevèrent dans l'entrée principale, avant de s'estomper. Paige avait l'impression qu'elle risquait de s'évanouir à tout moment. Son cœur battait la chamade et elle s'étonnait de ne pas déjà avoir des sueurs froides.

Elle entendait Gray s'acquitter de ses fonctions d'hôte, les aidant à porter leurs bagages.

Elle avait encore le temps de sortir par-derrière et de s'enfuir. Mais elle se figea sur place alors qu'une sorte de troupeau d'humains bruyants s'approchait. Elle agrippa le comptoir pour se soutenir et afficha un sourire crispé, espérant qu'il paraissait un peu sincère.

Il s'effaça légèrement lorsque sa première sœur entra dans la cuisine.

Bon sang ! D'où ils venaient ? De l'Amazonie ?

Sa sœur - Paige ne savait pas laquelle - était *grande*. Et belle. Sa peau foncée et son maquillage étaient parfaits. Ses cheveux noirs étaient longs et lisses. En plus, elle avait des courbes soulignées par une tenue extrêmement branchée.

Paige se rendit soudain compte qu'elle était habillée de façon très décontractée.

La femme s'arrêta net en voyant Paige.

– Oh ! laissa-t-elle échapper. Gray, il y a une blanche dans ta cuisine, lança-t-elle en se retournant. C'est la gouvernante ?

Ce qui restait du sourire de Paige disparut. En fait, il partit si loin qu'il se transforma en un froncement de sourcils.

La gouvernante ?

Le ricanement de Gray retentit dans le couloir.

Il fit entrer le reste de sa famille dans la cuisine. Ils s'alignèrent alors tous, la regardant comme s'ils n'avaient jamais vu de femme auparavant. Ou peut-être une femme dans la maison de Gray. Ce qui la poussa à lui jeter un coup d'œil.

Il lui adressa un sourire taquin. Eh bien, elle était ravie que Gray trouve cela amusant, car elle n'aimait pas être observée comme un animal au zoo.

Gray s'avança pour se mettre à ses côtés.

– Gayle, t'as raison sur un point. C'est une blanche. C'est difficile à rater. Mais ce n'est pas ma gouvernante. En fait, elle n'aime pas se salir les mains, sauf si c'est pour le plaisir.

Il se pencha et embrassa Paige sur les lèvres.

Paige ne lui rendit pas son baiser. Elle resta là, à cligner des yeux qui ne quittaient pas le groupe de frères et sœurs. Ils étaient *tous* grands. Entre leurs teints semblables, les traits de leurs visages et leurs tailles, elle pouvait aisément voir qu'ils étaient de la même famille.

– Paige, voici mes incorrigibles frères et sœurs. J'espère qu'ils ne t'ont pas fait peur.

– Je ne suis pas facilement intimidée, marmonna Paige.

– Super, car ce n'est pas l'intention de mes sœurs. N'est-ce pas, mesdames ? demanda le frère de Gray en s'avançant et tendant la main.

Ils pourraient être jumeaux, Gray et ce frère au nom inconnu. La plus grande différence entre eux, c'était que lui avait les cheveux bien taillés, aucun poil sur le visage et qu'il était moins bien bâti que Gray. Il était plus mince, mais en très bonne forme, et tout aussi beau. En plus, ils semblaient avoir exactement la même taille.

– Je m'appelle Gryff.

Un nom intéressant.

Le frère de Gray secoua la tête, tendant toujours la main et attendant que Paige la serre.

– Gryffin Ward. Gryff pour faire court, corrigea-t-il.

Paige lui serra la main. Elle était aussi grande et puissante que celle de Gray.

– Vous pourriez être jumeaux, murmura-t-elle.

– Ne te fais pas d'idées, marmonna Gray avant de présenter ses deux sœurs.

Gayle, la sœur qui était entrée la première dans la cuisine, était celle du milieu en quelque sorte. Enfin, il était difficile d'être au milieu avec quatre enfants. Elle devait faire au moins six centimètres de plus qu'elle. Paige supposa qu'elle approchait de la trentaine, mais n'en était pas sûre. L'autre sœur de Gray fut présentée sous le nom de Gia. Si elle faisait un centimètre de moins que Gayle, Paige en serait étonnée. Les femmes avaient des courbes, c'était certain, et elles étaient absolument magnifiques. Leur famille avait gagné le loto génétique. Enfin, à l'exception de la maladie cardiaque qui avait frappé Gray.

Gia sembla apprécier plus rapidement Paige que Gayle,

qui se tenait un peu à l'écart d'un air mitigé. Paige se dit que c'était parce que Gia était la plus jeune de la fratrie.

Elle s'approcha d'eux et serra Paige dans ses bras pour la saluer, puis donna un coup de poing dans le bras de Gray.

— Grand frère, pourquoi tu ne nous as pas dit que t'avais une copine ?

Les joues de Paige s'enflammèrent. *Si seulement c'était aussi simple.*

— Depuis quand Gray nous donne des informations sur sa vie personnelle ? demanda Gayle d'un air un peu troublé.

— Pour avoir de ses nouvelles, on a toujours l'impression de lui arracher les dents. Pourquoi t'es surprise ? plaisanta Gryff en adressant un sourire et un clin d'œil à Paige, comme si elle allait compatir à leur situation.

Oui, elle les plaignait.

Gray entoura l'épaule de Paige avec son bras et l'attira contre lui.

— Maintenant, tu sais, fut tout ce qu'il dit.

Du Gray tout craché.

Gia rit et secoua la tête.

— Pour ma part, je suis contente de te voir, grand frère. Tu m'as manqué. Et je suis contente que tu t'envoies en l'air.

Elle s'excita.

— Mais j'ai besoin d'aller au petit coin. S'il te plaît, montre-moi le chemin.

Elle disparut dans la direction par laquelle ils étaient arrivés.

Les autres restèrent à se regarder, un peu mal à l'aise, jusqu'à ce que Gray bouge.

— Pourquoi n'irait-on pas dans le salon pour se détendre avant le dîner ?

— Bonne idée, dit Gryff, de toute évidence prêt à mettre fin au malaise.

Gray tendit à Paige deux bouteilles de vin, puis il prit un plateau de verres à pied. Ils se rendirent tous dans le salon. Il avait déjà disposé des plateaux de fromages et de crackers dans la pièce et allumé la cheminée au gaz, plus pour l'ambiance que pour la chaleur. La saison était bien trop avancée pour faire un feu.

Paige attendit que le frère et la sœur de Gray choisissent où s'installer dans la pièce. Ils se posèrent sur la causeuse et le fauteuil inclinable, laissant le canapé à Gray et Paige.

Avant qu'elle ne puisse avancer vers le canapé, Gia entra en trombe, traînant Connor derrière elle.

– J'ai trouvé celui-ci dans le couloir. Est-ce qu'il appartient à quelqu'un ?

Elle sourit à Connor, qui lui rendit son sourire. Elle battit alors clairement les cils à son attention.

– Parce que si ce n'est pas le cas, je vais le garder. Il a l'accent le plus mignon.

– Ce n'est pas un chaton errant, Gia, la stoppa Gray.

Sa plus jeune sœur rit et haussa les épaules.

– On ne joue pas à qui trouve, garde ? Eh bien, ça valait le coup d'essayer.

– Il y a d'autres personnes qui errent autour de ta maison dont on devrait se méfier ? demanda Gayle.

– Non. Ça devrait être bon. Connor, t'as déjà rencontré ma petite sœur, Gia. Celle avec un bâton dans le cul, c'est Gayle, et ça, c'est mon frère Gryffin.

– Gryff, corrigea son frère en se levant assez de son siège pour serrer la main de Connor.

– Voici Connor Morgan. Le mari de Paige.

La chaise de Gryff se plaignit à grand bruit lorsqu'il retomba brusquement dessus, un air abasourdi sur le visage.

– Bon sang, il *est bien* pris, murmura Gia, déçue, ne reflétant pas le choc de ses frères et sœurs aînés.

— Oui, désolé, dit Connor, agissant comme s'il se moquait de la bombe que Gray venait de lâcher.

Il avança vers le buffet et commença à verser le vin.

Paige envia son aisance face à la situation. De son côté, elle avait l'impression d'être sous le feu des projecteurs. De toute façon, elle supposait qu'il n'y avait aucun moyen simple d'expliquer leur relation. Mieux valait arracher le pansement.

— Gray... commença Gayle, les sourcils froncés.

— Connor, tu peux servir un verre de vin à ma sœur ? Elle a l'air d'en avoir besoin.

Gayle accepta le verre et en but une gorgée. Puis une autre.

— Alors, attendez... Qu'est-ce que j'ai raté ? demanda Gia, debout au centre de la pièce, son verre à quelques centimètres de ses lèvres. Je croyais que Paige était ta petite amie ?

Paige détestait le mot « petite amie » parce qu'il paraissait si puéril. En plus, elle était certaine que Gray ne l'aimait pas non plus.

— Quelque chose du genre, murmura Gray en s'installant sur le canapé pour faire face à ses frères et sœurs.

Gray tendit la main à Paige, qui la prit. Il l'attira vers le canapé, l'invitant à s'asseoir à côté de lui. Elle le fit, même si elle se sentait un peu mal à l'aise sous le regard mécontent de Gayle, installée en face d'eux.

Gryff parut accueillir la révélation sans sourciller.

Gia, contrairement à son frère aîné, sembla avoir trop de pensées se bousculant dans sa tête. Elle regarda Paige.

— Alors ton mari ne voit pas d'inconvénient à ce que tu couches avec mon frère ?

— Ça ne me dérange pas, répondit Connor avec désinvolture, reposant sur la table la bouteille de vin désormais vide.

— Bon sang ! T'es encore plus mignon ! s'exclama-t-elle en

se rapprochant de Connor et lui touchant le bras. Tellement ouvert d'esprit.

Paige ne manqua pas les doigts qui s'attardèrent, et Gray non plus. Ses muscles se tendirent.

Connor lui fit un autre sourire, puis s'éloigna pour s'asseoir à droite de Paige.

— Alors, vous vous relayez ?

— Sérieusement, Gia, on ne va pas rester ici pour décortiquer leur vie sexuelle, dit Gryff.

— Mais je suis curieuse.

— La curiosité est un vilain défaut, lui rappela Gryff.

Gray leva la main, indiquant qu'il allait traiter le sujet.

— Je comprends ta curiosité, Gia. C'est normal.

— Alors, dis-moi, l'encouragea-t-elle.

— C'est simple. On est tous des amants.

Son regard se posa sur chacun d'eux, l'un après l'autre.

— En même temps ?

— Oui.

— Bon sang ! murmura-t-elle, stupéfaite, les yeux illuminés. Je me joindrais à vous si tu n'étais pas mon frère.

— Mais je le suis. Je ne veux pas avoir cette image en tête. Alors, s'il te plaît, assieds-toi, bois ton vin et prends du fromage.

— Autrement dit, le sujet est clos, précisa Gryff à leur plus jeune sœur.

— Je sais ce que ça veut dire, Gryff. Seigneur !

Gia bouda en s'installant sur le siège le plus proche du feu avec son verre de vin. Elle se lova dans un fauteuil inclinable.

— Mais encore une question...

— Non, répondit Gray d'une voix forte et ferme.

Paige soupira de soulagement. Elle n'avait pas réalisé qu'elle tenait la main de Gray et qu'elle l'avait serrée à mort.

Elle relâcha sa prise, et il lui adressa un sourire triste.

Heureusement, Connor était assez décontracté et sociable pour pouvoir entamer une discussion avec un caillou. Il lança la conversation pour découvrir les métiers de chacun, ainsi que de toutes les mondanités et les bla-bla-bla du genre. Prêt à tout pour détourner la conversation du sujet de leur relation inhabituelle.

Sauf que, bien sûr, chaque fois que Gia pouvait intervenir, elle faisait tout son possible pour ramener la discussion sur eux trois.

– Alors, quoi... Vous vivez tous ici ? demanda Gia en agitant un bras dans la pièce.

– Oui, répondit Gray en devançant Paige qui s'apprêtait à la corriger.

Sa réponse courte, une fois de plus, fit taire sa jeune sœur curieuse.

– Comment ça s'est fini la dernière fois pour toi ? demanda Gayle à Gray.

Paige dressa les oreilles.

– La dernière fois ? répéta-t-elle.

Gray lança un regard assassin à sa sœur que Paige ne rata pas.

– Ta vie, frangin, lâcha Gayle en levant les mains. T'en fais ce que tu veux.

Paige aurait aimé savoir à quoi « la dernière fois » faisait référence. Un partenaire de vie ou une petite amie ?

Gray fut alors sauvé par le gong lorsque le traiteur arriva avec le dîner qu'il avait commandé.

Une fois que la table fut dressée et les plats disposés, ils se dirigèrent vers la salle à manger. Une pièce qui, selon Paige, était inutile dans la majorité des maisons, sauf pour de grandes réunions de famille.

Gray s'installa en bout de table après avoir tiré une

chaise pour Paige à sa droite. D'un signe de la tête, il indiqua à Connor de s'asseoir à sa gauche. Gryff s'installa à l'autre bout de la table, en face de son frère, ses sœurs l'encadrant.

Paige regarda la tablée et fut impressionnée. Toutefois, elle ne savait pas pourquoi. C'était Gray. Il ne semblait pas faire les choses à moitié. Tout ce que le traiteur avait apporté semblait plus que délicieux, et elle était heureuse de ne pas avoir eu à cuisiner. Ses compétences étaient suffisamment bonnes pour que Connor et elle ne meurent jamais de faim, mais c'était sa limite.

Pendant le dîner, les frères et sœurs se racontèrent leurs vies respectives et parlèrent de leurs parents. Au cours de cette conversation, Paige dut admettre qu'elle en apprit plus que jamais sur Gray. Il n'avait pas vraiment parlé de ses parents et, une fois de plus, Paige n'avait pas pris la peine de s'y intéresser. Maintenant que les quatre G - le nom que Paige donnait aux frères et sœurs - étaient réunis, elle apprit que leurs parents avaient récemment pris leur retraite. Ils avaient déménagé en Arizona pour profiter du climat sec et chaud. Ils avaient révélé que leur père avait été un inventeur et qu'il avait créé des choses qu'il avait vendues pour beaucoup d'argent. Les enfants n'avaient donc jamais manqué de rien.

Paige continua ses notes mentales, jetant parfois un coup d'œil à Gray et levant un sourcil. Il l'ignorait et poursuivait la conversation. Paige savait qu'il aurait beaucoup d'explications à donner après le dîner de ce soir.

La plus grosse partie de la conversation se déroula entre Gray, Gayle et Gryff, bien qu'une question occasionnelle soit posée à Paige. Des questions amicales de la part de Gryff, des questions plus directes de la part de Gayle. Dans l'ensemble, Paige pouvait comprendre que Gayle veuille protéger son frère de toute peine, mais elle perdait patience avec la sœur de Gray.

Comme Gia s'était volontairement assise à côté de Connor, ils ne participaient guère à la conversation puisque Gia accaparait son attention. La jeune sœur de Gray semblait s'être entichée de lui. À l'heure actuelle, cette femme en savait probablement plus sur l'Australie que Paige. Quand il se mit à parler de football australien, Paige se contenta de lever les yeux au ciel et se dit que Gia finirait par s'ennuyer à mourir. Au lieu de cela, elle s'accrocha à chacun de ses mots. Paige fut tentée d'aller voir si Connor bandait. Pas pour Gia, mais pour son sport de prédilection, le football.

Peu importe ce qui le rendait heureux. Tant que la sœur de Gray ne dépassait pas certaines limites, Paige le laissa s'amuser. Cependant, elle remarqua que Gray semblait avoir un œil sur eux plus qu'elle.

Intéressant.

Est-ce que le fait de devenir la première fois de Connor rendait Gray plus possessif à l'égard de son amant ?

Elle devait peut-être le distraire. Juste un peu. Elle appuya ses seins contre son bras pendant qu'il mangeait.

— Attachée. Fessée. Prise à deux, chuchota Paige à l'oreille de Gray.

Ses mots prirent apparemment Gray au dépourvu.

— Quoi ? croassa-t-il alors que ses yeux s'écarquillèrent un instant.

— Tu m'as demandé quel était mon fantasme le plus profond et le plus sombre, murmura-t-elle en s'assurant que personne d'autre à la table ne l'entendait.

Elle adora voir le Roi de la Tranquillité perdre son sang-froid. Il faudrait qu'elle se souvienne de le faire plus souvent. Il n'y avait rien de mal à le tenir en haleine, à le laisser dans le doute.

Gray posa soigneusement sa fourchette sur son assiette et la regarda.

– Tout en même temps, je suppose ? répondit-il après avoir hésité quelques secondes.

Paige leva légèrement une épaule, son sang parcourant furieusement ses veines.

Son esprit s'emballa à mesure que le fantasme se déroulait dans sa tête.

Il fronça les sourcils, prit sa serviette et fit semblant de s'essuyer les lèvres.

– Le révéler maintenant, avec ma famille dans la maison, c'est tout simplement lâche, Paige, chuchota-t-il en cachant sa bouche derrière le linge.

Elle rit, se réinstallant dans son siège.

– Je sais. Mais ça m'est venu comme ça.

– Pendant le dîner.

– Ouais.

Gray secoua la tête.

– Qu'est-ce qu'il y a de si drôle là-bas ? demanda le frère de Gray.

La chaleur grimpa dans les joues de Paige. Ce n'était peut-être pas le moment d'avouer son fantasme puisqu'ils ne pouvaient pas passer à l'acte ce week-end. Pourtant, elle pariait que Gray était aussi dur que la pierre sous la table. Sa main se glissa entre ses jambes. *Ouais.*

Il toussa quand elle passa ses doigts sur sa longueur avant de les retirer.

– Ça va, grand frère ?

Gray reprit son verre de vin et en but une gorgée.

– Parfaitement bien. Je te remercie. Un peu de nourriture est passée par le mauvais tuyau.

La conversation s'orienta alors vers la fois où leur père

avait dû faire la manœuvre de Heimlich sur leur tante pendant le dîner de Thanksgiving.

Paige jeta alors un coup d'œil à Gray.

Il se contenta de la regarder fixement.

Connor, qui avait au moins dû entendre une partie de la conversation, garda la tête baissée. Il se concentra sur sa nourriture, un sourire enthousiaste sur le visage. Du moins jusqu'à ce que Gia se mette à poser des questions sur les wallabies et les kangourous, comme s'il était zoologiste.

————

— C'est un peu comme la série Sister Wives ?

Paige sursauta, manquant de peu l'étagère métallique du réfrigérateur avec sa tête, car elle s'était penchée pour attraper une bouteille d'eau.

La cuisine était vide lorsqu'elle était entrée. Où diable Gia s'était-elle cachée ?

Paige se redressa, ferma la porte du réfrigérateur et regarda la plus jeune sœur de Gray. Gia était comme un chien qui rongeait un os. Elle n'allait pas lâcher le sujet de sitôt.

— Je ne pense pas que les sœurs-épouses dorment ensemble, répondit Paige, ne sachant pas si elle devait être amusée par cette obsession ou agacée.

Bien qu'elle imaginât qu'il serait très amusant de lui présenter Logan, Ty et Quinn, ainsi que Ren, Cole et Eve. La tête de Gia exploserait probablement.

— J'envie ce que vous avez. Ce...

Gia agita la main en l'air.

—... triangle.

— Tu as un partenaire ? lui demanda Paige en s'appuyant sur l'îlot de la cuisine.

– Non, rien de sérieux, révéla Gia en passant devant elle et se dirigeant à l'autre bout de la cuisine. Je ne suis pas prête à me poser.

Puis, elle tourna brusquement les talons pour se précipiter vers Paige.

– Mon frère couche avec ton mari ? Il est gay ?

Paige examina Gia un instant.

– Il n'est pas gay, finit-elle par dire lentement, avec précaution.

Puisque la femme aimait poser des questions, il était temps d'inverser les rôles.

– Tu sais des choses sur la précédente relation que Gayle a failli aborder ?

Gia s'agita, signe que son esprit devait tourner à mille à l'heure. Puis, elle s'appuya calmement sur le comptoir en face de Paige. Celle-ci eut l'impression que quelqu'un avait actionné un interrupteur.

– Non. Mais je n'étais pas vraiment au courant pendant que j'étais à l'université. C'est peut-être arrivé à ce moment-là.

– Tu n'es pas en train de révéler des secrets de famille, n'est-ce pas ? l'interrompit Gray, plissant les yeux quand il entra dans la pièce.

Son regard passa de Gia à Paige, avant de revenir vers Gia.

– Si seulement j'en avais à raconter, répondit Gia en boudant. Je suis toujours la dernière à être au courant. Ça craint d'être le bébé.

– Tu dis que nos parents ne t'ont pas gâtée puisque t'étais le bébé.

Elle haussa les épaules.

Paige jura que Gray leva les yeux au ciel. Impossible. Il ne faisait pas ce genre de choses.

Le visage de Gia s'illumina comme si une ampoule s'allumait subitement.

– Puisque tu vas coucher avec mon frère, je peux t'emprunter ton mari ?

La mâchoire de Paige se décrocha. Si elle n'était pas épuisée de ce manège, elle aurait été surprise. Cette femme n'avait-elle aucune limite ? En plus, tout ça sortait de sa bouche avec un air si innocent. Comme s'il était normal de demander à une autre femme de coucher avec son mari.

– Gia, on n'emprunte pas le mari de quelqu'un.

– À part les échangistes, murmura Paige, qui réussit finalement à décoller sa mâchoire du sol.

Gray lui lança un regard qui sembla dire « *Tu n'aides pas* ».

– Ce n'est pas ce que tu fais quand tu couches avec lui ? demanda Gia à son frère.

– On n'est pas... *échangistes*. On est dans une relation, précisa Gray.

Au vu des questions posées par Gia et de ses manières, Paige devina qu'elle devait avoir vingt-trois ou vingt-quatre ans tout au plus. Même si elle était diplômée de l'université, elle se comportait comme une femme beaucoup plus jeune. Mais la question de Gia fit réfléchir Paige.

Et si Connor *voulait* coucher avec Gia ? Le laisserait-elle faire ? Ressentait-elle une quelconque jalousie face à l'attention que Gia avait portée toute la soirée à Connor ?

Paige aimait faire l'amour avec un autre homme et n'attendait aucune jalousie de la part de son mari. Devrait-il s'attendre à la même chose de sa part ?

– Même si Connor était d'accord, Paige serait obligée de l'être, continua Gray, ce qui incita Gia à lancer un regard plein d'espoir à Paige. Et même si Paige était d'accord, je devrais aussi accepter. Désolée, chère sœur, ce n'est pas le cas. Alors, va te coucher.

Gia lui fait une fausse moue.

– Tu sais que je vais rester debout toute la nuit à imaginer ce que vous faites toutes les trois dans ce grand lit.

– Je peux te le dire tout de suite, pour que tu puisses profiter d'un sommeil réparateur. On va dormir.

Eh bien, c'était nouveau pour Paige. Pourtant, c'était logique avec sa famille dans la maison.

– Pourquoi ? Vous êtes très bruyants ?

La sœur de Gray semblait être sans filtres. La question l'atteignit d'une telle manière que Paige ne put s'empêcher de rire.

– Bonne nuit, Gia, dit Gray avec fermeté.

Il ne laissa aucun doute à sa sœur que la conversation était terminée. Il saisit le bras de Paige et la traîna hors de la pièce.

– Alors, on va vraiment dormir ? demanda-t-elle, un peu déçue.

– Non.

– Tu crois qu'on peut être silencieux ?

Dans ce cas, il était plus confiant qu'elle.

– Les bâillons sont faits pour ça.

Paige lui sourit alors qu'ils s'approchaient des escaliers.

– J'aime ta façon de penser.

– T'es sûr que c'est ce que tu veux ? demanda Gayle.

Gray jeta un coup d'œil à sa sœur, puis à Paige et Connor qui barbotaient dans la partie la plus profonde de la piscine. Il avait allumé le chauffage, et ils avaient décidé d'affronter l'eau. Gia avait décidé de ne pas aller dans la piscine, préférant se prélasser au soleil. Elle portait un luxueux bikini et des lunettes de soleil de marque. Elle semblait toujours prendre la pose quand Connor la regardait.

Gryff se moquait d'elle chaque fois qu'elle prenait un selfie, faisant ce que le frère de Gray appelait un cul de poule. Il avait emprunté un maillot de bain et s'était assis au bord de la piscine. À présent, il balançait ses jambes dans l'eau tout en regardant les pitreries de Paige et Connor, un sourire aux lèvres.

Le couple ne cessait d'attirer l'attention de tout le monde. Comment faire autrement quand, chaque fois que Connor immergeait sa femme dans l'eau, Paige criait, riait et lui sautait sur le dos en faisant semblant de le frapper.

Paige portait également un petit bikini. Gray remarqua que le regard de Gryff se posait sans cesse sur les tétons de Paige, visiblement durs sous le tissu humide.

Les doigts de Gray se retroussèrent, serrant les poings, et il souffla. C'était son frère, se rappela-t-il.

– N'est-ce pas ? insista Gayle en agitant une main devant son visage.

– Pardon ? demanda-t-il, réalisant qu'il avait été distrait.

– J'ai demandé si c'était vraiment ce que tu souhaitais. Gia et Gryff ne connaissent pas toute l'histoire, mais moi si, Gray. La relation avec Joshua et Marla t'a anéanti.

– J'ai survécu, Gayle. Je vais bien.

Ses yeux dévièrent à nouveau vers la piscine. Dans la partie peu profonde du bassin, Paige avait maintenant ses bras autour du cou de Connor et ses jambes enroulées autour de sa taille. Ils s'embrassaient. Les mains de Connor étaient solidement plantées sur les fesses de sa femme.

– Oui, *maintenant* ça va. Mais à l'époque...

– Laisse tomber, Gayle, l'avertit-il en lui coupant la parole.

Il arracha son regard de la piscine.

– Tu veux un verre ?

– Non. Je veux que tu me parles.

– Je ne veux pas en parler, chère sœur, rétorqua-t-il en fronçant les sourcils.

Il espérait qu'elle comprendrait et laisserait tomber le sujet.

– Tout le week-end, j'ai remarqué qu'ils se disaient qu'ils s'aimaient. Ils s'appellent l'un l'autre « chéri » et « bébé ». Et toi, tu n'es que *Gray*.

– Je n'avais pas remarqué.

Évidemment qu'il avait remarqué, mais il n'allait pas l'avouer à sa sœur.

– Est-ce qu'ils sont au moins au courant de ton ancienne...

Elle agita une main bien manucurée en l'air.

–... chose ?

– Chose ?

– Ton triangle amoureux.

Gray soupira, se réinstalla sur sa chaise et croisa les chevilles. Il voulut la corriger et lui dire que ce n'était pas un triangle. Mais en fin de compte, c'en était devenu un.

– Tu ne veux pas d'une relation normale ?

Sa sœur insistait.

– Ce qui est normal pour toi ne l'est pas forcément pour moi.

– Apparemment.

Il la regarda.

– La seule personne que ça gêne, c'est toi.

– Je ne comprends pas... Pourquoi t'as besoin d'être avec deux personnes ? L'une d'entre elles est un homme.

– Tu n'es pas obligée, Gayle. Tu n'as pas à comprendre ma relation avec Paige et Connor.

Elle soupira, sa frustration évidente.

– Pourquoi tu n'irais pas te baigner ? suggéra-t-il, essayant de changer de sujet.

Gayle le regarda avec horreur.

– Tu sais combien m'ont coûté ces cheveux ?

– Très bien. Ne va pas te baigner.

Paige hurla lorsque Connor la souleva et la jeta dans la partie profonde. Il plongea rapidement après elle et remonta en riant. Paige remonta à la surface, toussotant et le maudissant.

Même Gryff se mit à éclater de rire.

Paige fit semblant d'être en colère.

– Oh, bébé, cria Connor. Tu sais que je t'aime !

– Est-ce qu'ils t'appellent comme ça ? Est-ce qu'ils te le disent ?

– Gayle, lâche l'affaire ! s'écria-t-il alors que la colère lui montait au nez.

– Je t'aime, grand frère. Je ne veux pas te voir souffrir une nouvelle fois.

– Ça ira.

– Je l'espère.

Gray l'espérait aussi.

Chapitre Dix

Gray se tenait devant l'évier de la cuisine et regardait par la fenêtre le patio à l'arrière de la maison. Connor était assis sur une de ces chaises Adirondack en plastique vert, Paige sur ses genoux. Leurs fronts étaient collés l'un à l'autre, et leurs rires s'élevaient autour d'eux.

Un pincement le fit grimacer. Il se frotta la poitrine pour tenter de soulager la douleur.

Gray regardait Connor jouer avec les doigts de Paige depuis quelques minutes. Il les embrassait, les entremêlait aux siens, comparait la taille de leurs mains et faisait tourner son alliance.

C'était l'anneau qui dérangeait le plus Gray, car il symbolisait leur union mutuelle pour l'éternité. Mais s'il était honnête avec lui-même, ce qui le faisait souffrir, c'était toute la scène qui se déroulait devant lui. Il n'était pas du genre à redouter grand-chose, mais les voir ensemble lui faisait peur. Cela lui rappelait l'échec de son dernier trouple.

C'est Gray qui avait suggéré l'idée à sa petite amie de

l'époque. Au début, elle était réticente, mais après avoir rencontré Joshua, elle avait rapidement accepté. Cela aurait peut-être dû lui mettre la puce à l'oreille. Tout s'était bien passé... jusqu'à ce que ce ne soit plus le cas. Aucune règle n'avait été établie, rendant la relation plus naturelle. Gray était resté chez lui avec sa petite amie, tandis que Joshua continuait à vivre dans son propre appartement. Mais ils se retrouvaient souvent.

Puis, subitement, le lit de Gray s'était retrouvé plus souvent vide.

Au moment où il s'y attendait le moins, il était devenu la troisième roue du carrosse. La préoccupation secondaire.

Un jour, il était rentré dans une maison vide. Les placards de sa copine avaient été vidés, ses affaires personnelles avaient disparu. Sa petite amie de trois ans avait déménagé et s'était installée chez Joshua.

Il ne pouvait pas revivre cela.

Il ne pouvait pas laisser les choses aller aussi loin. Il ne pouvait plus se permettre de montrer ce genre de faiblesse.

Plus jamais.

Maintenant, il craignait que ce soit en train de se passer. Il devenait vulnérable et s'exposait à une grande souffrance.

Il s'était engagé dans cette relation en étant conscient d'avoir un handicap. Mais il avait eu une telle attirance pour Paige qu'il avait cru que le jeu en valait la chandelle.

En les regardant maintenant, il se rendit compte qu'il avait peut-être eu tort.

Non seulement il vivait toujours dans leur maison, mais Paige et Connor fonctionnaient encore comme un couple la plupart du temps, au lieu d'un ménage à trois. Il n'était même pas sûr qu'ils en étaient conscients.

Dès le début, il avait envié leur intimité, leur union, et

avait désiré en faire partie. Il *devait* l'intégrer pour que leur relation prospère. Mais même après des mois, ils n'en étaient pas encore là. Du moins, à ses yeux.

En plus, il n'était pas l'homme le plus patient.

Rien n'avait autant mis la division en lumière que l'autre soir, lorsque Connor était rentré à la maison et avait annoncé qu'il était invité chez le patron de sa société d'ingénierie. Alors, évidemment, il emmenait sa femme au dîner. Au vu de leur relation peu conventionnelle, cela n'aurait pas dû le déranger. Mais ça l'ennuyait. Gray n'aimait pas ce sentiment.

Cela faisait trois mois qu'il avait emménagé dans leur maison. Le changement était censé être temporaire, mais Gray ne pensait toujours pas que le sujet de l'emménagement permanent devait être abordé. Celui dans sa maison. Ou du statut de leur relation.

Maintenant, en regardant ses deux amants se blottir l'un contre l'autre dehors, il réalisa qu'il avait raison d'attendre.

Trois mois avaient été plus que suffisants pour qu'ils se sentent à l'aise dans un ménage à trois. Pour que cela aille au-delà du simple sexe.

Quand Gray était plus jeune, il n'avait jamais pensé vouloir un jour se poser. Il tenait le monde par les couilles. Il était jeune, en bonne santé, en forme et avait une carrière très lucrative devant lui. Maintenant qu'il était plus âgé, il ne pensait plus qu'à fonder un foyer. Même si c'était pour une relation insolite.

Alors, si cela ne devait pas arriver... si la relation était amenée à échouer, c'était le moment de partir pour lui. Avant que ça ne devienne plus difficile.

Gray ferma les yeux, ses mains agrippant le rebord de l'évier.

Le problème, c'était qu'il s'était attaché à eux. Qu'il

ressentait quelque chose. Ce sentiment était-il aussi fort que celui que Paige et Connor éprouvaient l'un pour l'autre ? Il n'en était pas certain. Avaient-ils des sentiments pour lui ?

Oui, ils tenaient à lui. Oui, ils le voulaient dans leur lit...

Il lâcha un juron fulminant.

— Ça va ?

Gray jura à nouveau, mais cette fois-ci, il le fit dans sa barbe.

— T'as mal ? demanda Paige d'un air préoccupé.

Pas la douleur que tu crois, pensa Gray.

— Je vais bien.

Elle s'arrêta à quelques centimètres de lui, les mains sur les hanches, et scruta son visage.

— Ne me raconte pas de conneries. C'est ton cœur ? demanda-t-elle.

Gray eut envie de rire. Si seulement elle savait.

— Non, répondit-il en secouant la tête.

— Qu'est-ce que c'est alors ?

Gray hésita et regarda la femme en face de lui. Avant cet instant, il n'avait pas réalisé à quel point ses sentiments pour elle étaient forts. Son incontrôlable attirance et sa possessivité à son égard s'étaient transformées au cours des derniers mois.

Désirait-il posséder cette femme ? *Oui, bien sûr.*

Serait-ce plus facile si Connor n'était pas dans le tableau ? Oui, bien sûr. Mais Paige lui avait clairement fait comprendre dès le début qu'ils formaient un tout. Il l'avait accepté. De toute façon, il n'essaierait jamais de voler la femme de quelqu'un. La partager, oui. La voler, non.

Son regard toisa Paige, de ses longs cheveux châtains qui pendaient librement sur ses épaules, en passant par ses tétons que l'on devinait sous son débardeur moulant, jusqu'à la courbe de ses hanches recouvertes d'un short kaki, et en descendant le long de ses jambes, jusqu'aux orteils vernis de ses pieds nus.

Il eut un nouveau pincement au cœur, le forçant à prendre une longue inspiration pour se calmer.

Il ignorait s'il était capable de s'éloigner de cette femme. Mais il ne savait pas non plus s'il pouvait supporter la situation actuelle.

— Est-ce que ma présence ici n'est qu'une excuse pour que tu aies une aventure, Paige ? Ou bien je suis seulement là pour que Connor explore ?

Il connaissait les réponses à ses questions, et il les regretta dès qu'il les eut posées. Mais il voulait que quelqu'un d'autre ressente la même douleur que lui en cet instant. Que ce soit juste ou non. C'était mesquin, mais en cet instant, il ne se sentait pas gentil.

Ses sourcils remontèrent jusqu'à la racine de ses cheveux, la confusion apparaissant sur son visage.

— Qu'est-ce que tu racontes, Gray ?

— Est-ce que je ne suis qu'un plaisir passager ? Je vous vois tous les deux là-bas...

Il se tut. Il ressemblait à un amant bafoué et il n'était pas fier d'être tombé si bas. De laisser ses doutes l'envahir.

Le regard de Paige se porta par la fenêtre. Gray supposait que Connor attendait toujours sa femme dehors.

— Je ne comprends pas... lâcha-t-elle.

Oui, il la croyait. Il savait qu'elle était perdue et qu'elle ne savait pas où il voulait en venir. Il le savait parce qu'il était lui-même confus.

— Je suis conscient d'être arrivé tard dans cette relation. Mais j'espérais que les choses s'arrondiraient rapidement. Si je n'étais pas là, vous feriez toujours ce que vous faites... vous feriez l'amour, vous sortiriez, vous auriez une vie bien remplie. Pourquoi je suis là ? Pourquoi vous avez besoin de moi ?

Paige regarda fixement l'homme devant elle, comme si elle le voyait pour la première fois. Parce que c'était le cas. Les émotions le submergeaient. Depuis qu'ils vivaient ensemble, qu'ils dormaient ensemble, qu'ils mangeaient ensemble, elle n'avait jamais vu ce genre de réaction chez lui en trois mois. À part la fois où il s'était énervé quand elle avait visionné dans son dos l'enregistrement du match où il s'était effondré sur le terrain.

Non seulement elle était prise au dépourvu, mais elle avait peur. Avait-il tout refoulé ?

Pourquoi maintenant d'ailleurs ?

Le regard de Paige se porta à nouveau sur Connor, qui attendait qu'elle lui apporte une bière. Gray les avait-il observés ?

Elle repensa à ce qu'ils avaient fait dehors. Ils ne profitaient pas seulement de la belle journée, mais aussi l'un de l'autre. C'est ce que faisaient les couples, non ?

Merde.

Elle se rendit compte de la façon dont elle réfléchissait. Connor et elle *étaient* le problème. Ils agissaient toujours comme un couple. Ils avaient probablement exclu Gray sans le vouloir.

— Vous vous appelez chéri et bébé. On n'a pas de petits noms entre nous.

Une fois de plus, ses paroles la surprirent.

— Je n'avais pas réalisé que tu voulais un petit nom. Tu n'as pas l'air d'être ce genre de mec. Tu n'es pas le genre que j'appellerais biquet.

Elle était comique, mais honnête.

— Comment tu veux que je t'appelle ? demanda-t-elle avec précaution.

— Si tu dois demander...

Paige leva les yeux au ciel et s'éloigna de lui, en proie à la colère.

— Je n'ai jamais pensé que tu serais du genre chantage affectif, Gray. Jamais. Je n'arrive pas à imaginer ce qui provoque tout ça, à part de la jalousie. C'est ça ?

L'expression de Gray resta impassible, sans cligner des yeux. Rien ne bougea dans son corps, à l'exception d'un tic de la mâchoire.

— T'es jaloux de moi ? Ou de Connor ? lui demanda-t-elle alors que son regard ratissait le visage de Gray à la recherche du moindre signe.

— Je suis jaloux de ce que vous avez tous les deux. Je ne pensais pas l'être, mais je le suis. La jalousie, même les doutes, ne marche pas dans ce type de relation.

Il secoua la tête.

— C'est impossible.

Paige tapa sa poitrine de la main.

— *Je* le sais. Je le sais parce que je suis entourée de relations polyamoureuses. Mais, dis-moi... Comment *tu* sais ça ?

À l'exception du bon sens, bien sûr. Mais il était temps de découvrir la vérité. D'apprendre ce que Gayle avait laissé entendre et ce que Paige soupçonnait. Elle en avait assez qu'il se dérobe. Elle lui enfonça un doigt dans le torse.

— Comment ? Dis-moi ce qui s'est passé quand t'as essayé ce genre de choses la première fois.

— Je n'ai jamais dit que je l'avais déjà fait, répondit-il, ses narines se dilatant et sa bouche se pinçant de colère.

Le fait qu'il évite de parler de son passé la mit encore plus en colère.

— Ne me mens pas. Je peux le sentir ici, dit-elle en pointant son cœur cette fois. Ça a échappé à ta sœur !

Graydon ne répondit pas, ce qui la frustra encore plus.

— Pourquoi tu ne veux pas en parler ? lui cria-t-elle presque.

Le visage de Gray s'assombrit.

— Parce que je n'en ai pas besoin. Ce n'est pas nous !

Paige fut surprise de le voir hausser le ton. D'habitude, il gardait son calme, quoi qu'il arrive. Mais le sujet l'affectait bien plus qu'elle ne le pensait.

Il saisit ses mains et les porta à ses lèvres.

— Ce n'est pas nous, dit-il plus doucement. Je ne veux pas que ça se passe comme ça.

— Aide-nous à faire en sorte que ça marche, Gray.

Elle avait l'air désespérée en l'implorant, et elle l'était. Parce que ce qui se déroulait jusqu'à maintenant dans cette cuisine n'était pas un bon signe pour leur relation. Paige ne voulait pas que cela dégénère. Elle déglutit, forçant sa panique à reculer.

— Paige... chuchota-t-il.

— Non, dit-elle en secouant la tête. Dis-nous ce qu'il faut faire pour que ça marche entre nous. *S'il te plaît.*

Il ferma les yeux et acquiesça. Lorsqu'il les rouvrit, ils furent chargés de chagrin et de tristesse.

Ce n'était pas le Graydon qu'elle connaissait. Non. Elle voyait quelqu'un de différent. Une ancienne personnalité, peut-être.

— Paige, je veux que vous fassiez partie de ma vie, Connor et toi. Mais...

— Mais ?

Son cœur s'arrêta et elle retint son souffle.

— Mais vous étiez un couple soudé. Un couple marié. Vous aviez... une relation existante. J'ai l'impression que vous l'avez ouverte juste pour m'y insérer. On doit former un tout. Une unité. Faut pas que vous soyez une entrée et moi un vulgaire accompagnement.

Si l'expression de son visage n'était pas si sérieuse, elle aurait ri de son analogie. Mais ce qui se passait n'était pas drôle. Pas du tout. Cela lui brisait le cœur.

— Je suis désolée.

Ses yeux la piquaient, mais elle n'allait pas pleurer, bon sang !

— Je suis désolée que tu aies ressenti ça.

— C'est difficile de ne pas le ressentir quand les deux personnes que tu aimes s'aimaient déjà, se connaissaient jusqu'au bout des ongles, connaissaient les habitudes et les aversions de l'autre.

Bon Dieu ! Il venait d'admettre qu'il les *aimait*. Alors pourquoi était-ce un problème ? Les gens qui s'aimaient devraient être capables de régler toutes les difficultés qui se présentaient à eux.

— Mais tu savais que c'était un obstacle à surmonter quand on s'est lancé.

— T'as raison. C'est vrai, dit-il solennellement. Je ne m'attendais pas non plus à tomber amoureux de toi aussi rapidement. À me lier si fortement à Connor. Je crois que c'est le hic.

Il souffla bruyamment.

Paige lutta pour ne pas hurler.

— Ce n'est pas un hic ! Je déteste les hics !

— T'as dit que tu nous aimais ? retentit la voix de Connor depuis l'embrasure du patio.

Gray hésita un instant en regardant Connor.

— En effet.

Connor s'approcha, les sourcils froncés.

— Et tu penses à partir ?

La panique de Paige reprit le dessus.

— Gray, tu ne peux *pas* partir ! Putain de merde !

Elle pivota et alla à l'autre bout de la cuisine, son cœur battant furieusement. Son corps commença soudainement à trembler.

Non. Non. Non.

Gray ne pouvait pas partir. Surtout après qu'il ait dit qu'il les aimait. Pas seulement elle, ce qu'elle avait soupçonné, mais Connor aussi. Elle ne savait pas s'il l'avait dit par hasard ou s'il avait prévu de le leur dire, mais elle se doutait que ce n'était pas prémédité puisqu'ils n'avaient pas discuté de liens affectifs entre eux. Paige ferma les yeux. Elle réalisait maintenant que Connor et elle se le disaient tout le temps. Même devant Gray.

Merde.

Elle ne pouvait pas imaginer faire partie d'une triade où seulement deux des trois personnes se disaient régulièrement qu'elles s'aimaient. Au début, ça avait été différent. Elle savait que c'était l'attirance et le désir qui les avaient liés. Mais maintenant...

Au cours des trois derniers mois, ils avaient évolué. Elle était incapable de déterminer le point de bascule.

Elle se demandait ce que Connor ressentait pour Gray, mais elle hésitait à l'interroger devant l'autre homme. D'autant plus que Gray était à un point critique. Si Connor réfléchissait ne serait-ce qu'une seconde pour donner sa réponse...

— J'ai peut-être besoin de prendre un peu de recul. De vous laisser tous les deux décider si vous désirez vraiment tout ça. Si vous pouvez m'aimer autant que vous vous aimez l'un l'autre.

Paige secoua la tête et se mordit la lèvre inférieure. Ni elle ni Connor n'avaient jamais montré qu'ils ne voulaient *pas* de tout cela. Ils n'avaient jamais dit qu'ils ne l'aimaient pas.

Mais ils ne lui avaient jamais dit non plus qu'ils l'aimaient.

Merde. Elle qui pensait que tout se passait bien.

— Écoutez. Faut que je prenne la route de toute façon. Je veux me rendre à certains camps d'été de football universitaire pour repérer des joueurs.

Paige se demanda s'il cherchait simplement une excuse pour faire une pause. Il n'était pas obligé de partir. Il pouvait envoyer l'un de ses collaborateurs à sa place.

— Si c'est ce que tu dois faire... commença Connor en s'appuyant sur le comptoir et étudiant Gray.

Paige lui lança un regard noir. Il ne devrait pas encourager Gray à partir, même s'il ne s'absentait que temporairement.

— Paige, ne me regarde pas comme ça. Si Gray doit partir, il doit y aller. Il doit faire ce qui est le mieux pour lui.

Connor scruta Gray.

— Sache qu'on ne veut pas que tu partes. Mais on respecte ta décision, et on sera là quand tu reviendras.

L'expression de Gray se détendit un peu.

Paige quant à elle, avait envie de se mettre à genoux et le supplier de rester. Connor avait peut-être raison, Gray avait besoin d'espace. Elle essaya de reprendre ses esprits.

— Combien de temps tu vas partir ?

— Je pense un mois. Je vais visiter autant de stages que possible.

— Quand pars-tu ? demanda Connor à voix basse.

Paige se rendit compte que ça ne le ravissait pas non plus.

— Ce soir. Je vais rentrer à la maison, faire mes valises et prendre la route.

— Attends. T'avais prévu tout ça ? s'exclama Paige alors que sa tête tournait.

Depuis combien de temps le savait-il ?

— Non. Mais c'est quelque chose que je dois faire.

Ces mots frappèrent Paige de plein fouet. Elle réalisa alors qu'ils avaient un double sens. Elle hocha la tête et accepta l'inévitable. Elle essaya de se consoler en se disant que ce ne serait qu'un mois.

Du moins, elle l'espérait.

Chapitre Onze

— *Tu dois rentrer.*

Paige appuya sur le bouton Envoyer de son portable.

Elle se sentait seule et Gray lui manquait tellement que son corps avait mal. La douleur dans sa poitrine ne pouvait qu'empirer.

Cela ne faisait que deux semaines qu'il était sur la route, à la recherche de talents. Ou, ce que Paige supposait, la recherche plutôt de « clarification » à propos de leur relation.

Quelle que soit la vraie raison, Paige savait ce qu'elle voulait. Connor savait aussi ce qu'il désirait. Ils en avaient parlé tous les soirs jusqu'à ce qu'ils soient tous les deux épuisés par le sujet.

Gray était parti, mais en plus il ne communiquait plus avec eux. Il avait coupé tout dialogue. Son départ, c'était le coup de couteau, son silence équivalait à la lame qui remuait dans la plaie.

Connor se taisait, était triste. Il n'était pas du tout lui-même. Malgré tout, il lui dit de lâcher le morceau. De laisser Gray prendre ses distances.

Paige avait du mal à l'accepter. Elle avait même été tentée d'appeler la sœur de Gray, Gayle, pour savoir ce qui s'était réellement passé avec sa dernière relation.

Mais Gray ne lui pardonnerait probablement jamais d'avoir mis son nez dans cette affaire.

Et elle ne lui en voudrait pas.

Alors que les minutes défilaient, Paige fit les cent pas, zyeutant constamment son téléphone. Elle attendait que ce satané appareil fasse un bruit pour indiquer l'arrivée d'un message.

Au bout de quelques minutes, elle soupira et posa à contrecœur son portable sur la table basse et alluma la télévision. Elle avait besoin de se changer les idées. Elle se moqua de son comportement. Comme si elle réussirait à oublier Gray.

Elle s'installa sur le canapé et parcourut les chaînes. Elle était trop agitée pour trouver un truc pour la distraire. Elle se mordilla la lèvre inférieure. Une réprimande typique de Gray lui vint à l'esprit et elle s'arrêta. Elle avait l'habitude d'apprécier le silence dans sa maison, d'avoir du temps pour elle. Aujourd'hui, ce n'était pas le cas. Elle se sentait creuse dans cette maison vide.

Est-ce qu'ils manquaient à Gray ?

Elle sursauta lorsque son téléphone sonna et s'empressa de l'attraper, regardant l'écran.

Pourquoi ? Parce que Connor est parti ?

Comment pouvait-il savoir que Connor était en voyage d'affaires ? Est-ce qu'ils se parlaient ?

Elle fut tentée d'appeler Connor pour le lui demander. Mais puisqu'elle avait l'attention de Gray, elle devait essayer de lui faire comprendre ce qu'il représentait pour eux. Que cette relation était importante pour Connor et elle. Lui prouver que ça allait au-delà du sexe, du plaisir physique et de la libération.

Au départ de Gray, ils s'étaient aperçus qu'il manquait une pièce dans leur couple. Paige n'aurait jamais cru qu'il manquerait quelque chose à leur mariage soudé. Une faille qui les avait surpris, Connor et elle.

Jusqu'à ce qu'il parte, elle ne pensait pas que Connor ou elle avaient réalisé à quel point il était important pour eux.

À quel point ils avaient été égoïstes.

À quel point ils avaient été stupides en se répétant sans cesse qu'ils s'aimaient, sans jamais intégrer Gray.

Elle expira et tapa un message. *Non. Parce que tu nous manques. Tu fais partie de nous.*

Paige fixa l'écran et voulut qu'il réponde. Les secondes parurent être des minutes, les minutes des heures, pendant qu'elle attendait un nouveau message. Elle s'était allongée sur le canapé, à plat ventre, et avait enfoui sa tête dans ses bras croisés. Elle avait envie de crier, de donner des coups de pied, de piquer une colère. Au lieu de cela, elle s'efforça de ralentir sa respiration pour tenter de maîtriser sa nervosité. Elle souhaitait désespérément que Connor soit là.

Bon sang ! Ses *deux* hommes étaient loin. Elle avait besoin d'eux maintenant. Elle avait besoin de les toucher.

Son cœur se fendit un peu plus lorsque l'écran du téléphone resta sombre.

Elle tapa un autre message, puis fixa le texte. Son doigt hésita à appuyer sur le bouton d'envoi. Elle déglutit et finit par le faire.

Parce qu'on t'aime.

Ce n'était pas comme ça qu'elle voulait lui dire, dans un message impersonnel. Elle aurait souhaité le lui avouer en face. Mais si le fait de le lui révéler maintenant pouvait l'inciter à rentrer à la maison, alors elle devait sauter sur l'occasion. Pas plus tard si elle risquait de le perdre à jamais.

Paige laissa retomber sa tête et soupira, ses yeux la piquant suffisamment pour qu'elle les frotte.

Peut-être aurait-elle dû lâcher l'affaire, comme Connor le lui avait dit. Laisser Gray revenir quand il se sentirait prêt.

Elle était vraiment stupide de l'avoir bousculé.

— C'est vrai ?

Paige sursauta et bondit du canapé.

Gray était collé au mur de l'entrée du salon. Son visage avait l'air solennel et sérieux.

Elle ignorait s'il comptait rester ou si elle pouvait courir vers lui et le serrer dans ses bras. Ou bien s'il était là pour empaqueter ses affaires.

Il se décala de la paroi.

Paige remarqua alors la valise dans l'entrée. Elle espérait que c'était celle qu'il avait emportée en voyage. Et non pas celle qu'il était venu remplir.

— Cette valise est vide ou pleine ? demanda-t-elle avec prudence.

— Pleine.

Elle expira, souhaitant à tout prix croire que c'était bon signe.

— Réponds à ma question, Paige.

Il s'approcha d'elle presque au point de la toucher, la regardant de haut en bas, scrutant son visage.

— Oui, Gray. On t'aime. On est là pour toi. On veut que tu fasses partie de notre vie. Que tu le croies ou non, ça n'a jamais été une question pour nous. Mais on a besoin que tu *veuilles* être ici. On veut que tu sois heureux.

Une larme lui échappa et elle l'essuya d'un geste vif.

— Je suis désolée que tu te sois senti exclu.

Elle posa ses mains sur son torse, et les battements de son cœur s'accélérèrent sous sa paume.

Avec une rapidité à laquelle elle ne s'attendait pas, il lui attrapa les poignets et la serra contre lui. Il mit alors ses lèvres sur le sommet de son crâne.

— Tu m'appartiens, Paige, déclara-t-il d'une voix grave, étouffée par les cheveux. Connor aussi.

— Oui, répondit-elle doucement d'une voix sifflante.

Elle enroula ses bras autour de la taille de Gray, l'enlaçant, ne voulant jamais le laisser partir.

— On s'appartient, poursuivit-il. C'est le seul moyen pour que ça marche.

— Oui, on s'appartient tous les trois, répéta-t-elle en inclinant son visage vers lui.

Gray baissa la tête jusqu'à ce que ses lèvres ne soient plus qu'à un cil.

— Mon Dieu. Je t'aime tellement, c'est dingue, murmura-t-il.

Elle chercherait à savoir plus tard pourquoi ça l'étonnait. Pour l'instant, elle se sentait simplement heureuse que ce soit le cas.

— Il faut appeler Connor.

— Non. Pas besoin, dit-il.

Elle le fixa avec curiosité.

— Il sera bientôt là, indiqua-t-il en jetant un œil à sa montre. Je l'ai appelé. Je lui ai dit d'écourter son voyage et de rentrer à la maison dès que possible.

Elle lui adressa un sourire soulagé et leva les yeux vers son regard sombre.

— Embrasse-moi, souffla-t-elle.

Il le fit.

Gray écrasa ses lèvres contre les siennes, les séparant avec sa langue pour explorer sa bouche. Leurs langues s'emmêlèrent et il intensifia leur baiser jusqu'à ce qu'elle soit à bout de souffle. Son corps vibrait tellement elle avait envie de lui, désirant sentir sa peau chaude contre la sienne.

— Je peux me joindre à vous ? demanda Connor depuis le couloir.

Sa voix contenait de l'excitation et un peu de soulagement.

Gray recula pour ouvrir leur étreinte et tendit la main vers Connor.

— Absolument.

Avec un grand sourire, Connor les serra tous les deux dans ses bras. Ils s'embrassèrent à tour de rôle en riant parce que c'était la chose la plus stupide qui soit, du moins pour Paige.

Puis les rires se transformèrent en soupirs et en gémissements lorsque les choses devinrent sérieuses. Deux semaines sans Gray dans leur lit, ça avait été trop long.

Ils tirèrent mutuellement leurs vêtements jusqu'à ce que le sol du salon en soit jonché. Ils se léchèrent, s'embrassèrent, se mordirent, se touchèrent, se caressèrent et se pincèrent jusqu'à ce qu'ils constituent un amas sur le plancher.

La bite de Gray était lourde, désireuse, pressée contre la cuisse de Paige. L'érection de Connor était aussi dure que de l'acier quand elle glissa sur son ventre. Elle voulait que l'un d'entre eux soit en elle. Elle se fichait de savoir qui.

Non, elle n'en voulait pas qu'un, elle désirait *les deux*. Sa chatte se serra quand elle réalisa son envie, et elle mouilla.

— Je vous veux tous les deux, déclara-t-elle en éloignant sa bouche du torse de Connor.

— On te désire aussi, gémit Connor tandis que Gray caressait sa longueur.

— Non. *En même temps.*

— Comme le fantasme que tu m'as révélé ? demanda Gray en relevant la tête.

— Oui. On ne l'a pas encore fait.

— Qu'est-ce qu'on attend ? demanda Connor. Tu veux qu'on t'attache aussi ?

— Oui. Fessez-moi, baisez-moi, attachez-moi. Je veux tout.

— Bon sang chuchota Connor, regardant Gray comme s'il vérifiait qu'il avait entendu la même chose.

Gray lui fit un petit signe de tête.

— Ici ou dans la chambre ?

— Dans la chambre, répondit Gray. J'ai une idée.

Les mots *J'ai une idée* foudroyèrent le centre de Paige.

Putain de merde, ça allait vraiment se produire !

Gray se leva, prit Paige dans ses bras et la souleva comme si elle était aussi légère qu'une plume. Il regarda avec impatience Connor qui était toujours allongé sur le sol.

— Debout.

Connor gloussa devant la rudesse de l'ordre de Gray.

— Ne t'inquiète pas. Pas question que je rate ça.

Ils entrèrent dans la chambre et Gray la mit debout. Il dit à Connor d'aller chercher les préservatifs et le lubrifiant dans le tiroir, pendant que Gray fouillait dans le placard pour trouver les cravates de l'autre homme.

— Oh, non. Pas celle-là. C'est ma préférée, protesta Connor alors que Gray en sortait deux de l'armoire.

Gray la raccrocha et en prit une autre, les montrant à Connor pour avoir son accord.

Connor acquiesça. Tenant une bande de préservatifs et un flacon de lubrifiant, il s'approcha du bout du lit, où se tenait Paige. Il jeta les objets sur le matelas et se plaça derrière elle. Il passa ses bras autour de sa taille, et lui lécha la nuque, mettant ses cheveux de côté. Puis il déposa des baisers le long de sa colonne vertébrale, ce qui la fit frissonner et fit durcir ses tétons.

Gray se mit devant elle, trois cravates dans les mains.

Paige les regarda avec une excitation nerveuse, se demandant pourquoi il avait besoin de trois cravates. Elle était persuadée qu'elle le découvrirait bientôt. Elle remarqua alors la grosseur de l'érection de Gray.

— Euh, on devrait peut-être d'abord déterminer qui va où.

Gray fit glisser une cravate autour de sa gorge, la resserrant légèrement.

— Ne t'inquiète pas pour ça. On va trouver.

Le tissu serré de la cravate de Connor se referma autour de son cou jusqu'à ce qu'il soit bien ajusté. Paige ne paniqua pas parce que c'était Gray. Elle lui faisait confiance. Il ne lui ferait jamais de mal.

Il lâcha l'une des extrémités. Le tissu soyeux glissa sur la peau de Paige, lui donnant la chair de poule.

— Attache-lui les bras dans le dos, indiqua-t-il en tendant une des cravates à Connor.

— On ne l'attache pas au lit ? demanda-t-il, surpris.

— Non. Pas pour ce que j'ai prévu.

Les genoux de Paige se dérobèrent, et Gray la rattrapa, soutenant son poids pendant que Connor lui prenait les poignets et les plaçait dans le bas de son dos. Il enroula le tissu autour d'elle, liant ses mains ensemble.

Lorsqu'il la relâcha, elle testa le nœud. Il tint bon. Sa respiration devint saccadée et elle commença à trembler, tout en gardant un regard fixe sur Gray. Il effleura ses lèvres entrouvertes avec la dernière cravate. Pendant un instant, elle crut qu'il allait la bâillonner.

Mais il la fit glisser sur sa joue, d'un côté puis de l'autre. Puis il la descendit, passant la soie sur ses tétons froncés, entre ses seins, la taquinant. Il fit dériver la pointe du tissu le long de son ventre et effleura son sexe entre ses jambes, le long de sa fente.

Paige se mordit la lèvre inférieure.

Gray s'en aperçut rapidement.

— T'as envie d'être fessée, n'est-ce pas ?

Ses yeux étaient sombres et mi-clos alors que son érection tressaillait.

Elle supposa qu'il imaginait sa paume s'écraser sur son cul.

— Oui.

— Bande-lui les yeux, ordonna-t-il à Connor en lui tendant une deuxième cravate.

Connor s'exécuta. La chambre et ses hommes disparurent au fur et à mesure qu'il resserrait le tissu sur ses yeux. Sa respiration accéléra.

Elle n'avait jamais eu les yeux bandés auparavant.

Maintenant, elle était obligée d'utiliser ses autres sens pour deviner ce qu'ils faisaient. Ses narines se dilatèrent pour inspirer leurs odeurs. Son ouïe se mit à l'écoute de chaque petit mouvement de leur corps, de leur respiration. Avant que ses yeux soient couverts, elle ne s'était pas rendu compte de la respiration pesante de Connor ou du souffle irrégulier de Gray.

Elle attendit que Connor ou Gray lui demande si elle était sûre d'elle. Mais ils n'en firent rien. Ils ne voulaient probablement pas qu'elle ait des doutes.

Gray fit onduler la cravate restante autour de sa taille comme un serpent, le long de ses cuisses, autour de ses genoux, entre ses chevilles.

C'était impossible qu'il l'entrave. Ils auraient du mal à la baiser. Surtout les deux. En même temps.

Son corps trembla à l'image des bites des deux hommes

en elle. Elle sursauta et ferma plus fort les yeux sous le bandeau improvisé. Paige put sentir le mouvement de l'air contre sa peau brûlante lorsque Gray se releva.

— Bâillonne-la.

Le tissu glissa dans sa bouche, contre sa langue, entre ses dents. Elle eut l'impression d'être un cheval avec un mors dans la bouche. Elle se dit que c'était approprié puisqu'ils étaient sur le point de la monter.

Soudain, ils disparurent. L'air autour d'elle se vida alors qu'elle se retrouvait ligotée, aveugle et muette au pied du lit.

L'excitation humidifia l'intérieur de ses cuisses alors qu'elle patientait.

Puis elle entendit le bruit de baisers et de gémissements. Elle maudit le bandeau. Elle ne pouvait pas voir les bouches de ses hommes l'une sur l'autre, l'exploration de leurs langues. Les longueurs rigides se pressant l'une contre l'autre.

Le bâillon l'empêcha de se plaindre.

Gray murmura quelque chose à Connor.

Paige se tendit pour entendre. Bon sang ! Elle ne pouvait même pas demander d'être dans la confidence. Elle était sous leur contrôle total, impuissante. Elle hurla autour du bâillon.

En réponse, elle obtint un gloussement de Gray.

— Ah. Quelqu'un s'impatiente.

S'impatienter ? Elle était déjà à bout.

— Connor, assieds-toi sur le bord du lit.

Paige put les sentir bouger autour d'elle. L'un d'eux l'attrapa - Gray, pensa-t-elle - et la plaça face au lit. Puis elle sentit les cuisses de Connor de chaque côté des siennes. Ses mains saisirent ses seins, et ses lèvres capturèrent un téton, l'aspirant au fond de sa bouche, tandis que ses doigts tiraient et tordaient l'autre mamelon.

L'érection de Gray se pressa brièvement dans la fente de son cul tandis qu'il embrassait son dos, ses mains longeant ses côtes, sa taille, puis ses hanches. Il passa la main entre ses cuisses, testa sa moiteur et émit un bruit d'approbation. Ses longs doigts tracèrent le bord de ses lèvres gonflées et trouvèrent son clito, si sensible à son contact.

Elle sursauta lorsqu'il l'encercla, la pression forte et impitoyable. Son cri fut étouffé par la cravate lorsqu'il plongea deux doigts en elle.

— Elle est tellement prête à ce que tu la prennes, annonça-t-il à Connor.

Elle se serra autour de ses doigts tandis qu'il les faisait entrer et sortir.

Connor se mit à genoux à ses pieds et, en quelques secondes, il avait sa bouche sur elle, suçant son clitoris, le tapotant avec sa langue.

Ah, putain. Elle allait jouir. Elle ne pouvait pas leur dire de continuer avant qu'elle vienne. Elle n'était pas en mesure d'encourager Gray à introduire ses doigts plus fort et plus vite. La tension au centre de son corps continua à se renforcer et ses cuisses commencèrent à trembler. Elle plaqua sa tête contre le torse de Gray. Le bras de ce dernier passa autour de ses épaules, la tenant serrée contre lui pendant que Connor et lui faisaient de la magie.

Ses mains étaient coincées dans son dos, entre leurs corps. Elle remua ses doigts pour essayer de l'atteindre, de trouver sa bite. Mais il était juste hors de portée. Elle poussa un nouveau cri de frustration, qui se transforma en gémissement lorsqu'un orgasme la traversa. Connor la saisit derrière les cuisses et Gray resserra son emprise sur elle pour l'empêcher de s'écrouler. Lorsque les dernières vagues de l'orgasme s'atténuèrent, Gray retira ses doigts et Connor s'éloigna.

— Assieds-toi sur le lit, ordonna Gray d'une voix rauque, grave, près de son oreille.

Le lit grinça lorsque Connor se remit en position.

Avec les mains sur ses hanches, Gray la fit avancer.

— Attrape ses bras pour l'aider.

— Bébé, monte sur mes genoux, lui dit Connor en lui tenant les coudes. C'est ça, gémit-il quand elle s'installa. Putain, je peux sentir à quel point t'es mouillée.

Elle se mit à califourchon sur lui, la longueur de sa bite se pressant contre son ouverture. Connor lui saisit les fesses.

— Lève-toi.

Elle s'éleva, puis sombra sur lui jusqu'à ce que sa bite soit profondément enfoncée en elle. Tout l'air quitta ses poumons autour du bâillon. Elle se souleva et s'abaissa, prête à jouir une nouvelle fois. Elle ne voulait pas attendre. Elle ne pouvait pas attendre.

Connor poussa un juron en lui saisissant la taille, car Gray avait toujours une prise ferme sur ses hanches.

— Bébé, tu dois attendre. Tu dois y aller doucement. *Putain.*

Gray monta ses mains au niveau de ses seins et pinça fortement ses deux tétons, puis les tordit entre ses index et ses pouces.

Le seul résultat fut qu'elle broya plus violemment le sexe de Connor. Ce dernier poussa un nouveau juron.

— Allongez-vous, ordonna Gray.

Connor se laissa tomber sur le matelas, entraînant Paige avec lui.

Gray se rapprocha d'elle, entre les cuisses de Connor.

Le déchirement de l'emballage du préservatif fit du bruit dans la pièce, même avec leurs respirations rapides et irrégulières. Le bruit d'ouverture du tube de lubrifiant lui fit réaliser que cela allait vraiment se produire. Son fantasme était vraiment en train de...

La piqûre de la main de Gray sur son cul la fit sursauter, la désarçonnant presque de Connor.

Putain !

Paige sentit l'air frais avant de sentir la claque piquante contre son autre fesse.

Oh, putain.

— Chaque fois que tu la frappes, elle se crispe autour de ma bite. C'est incroyable, putain, dit Connor entre ses dents serrées.

— Son cul est tellement rouge, commenta Gray.

Paige ignorait s'il s'adressait à Connor ou à lui-même. Elle se tendit en attendant le prochain coup.

Au lieu de cela, il passa une main sur sa peau irritée, embrassant légèrement chaque fesse.

Elle gémit dans le tissu et décontracta ses muscles. La fraîcheur du lubrifiant qui coula entre ses fesses la fit se tortiller, ce qui poussa Connor à gémir et à la maintenir immobile.

Le pouce de Gray trouva son anus et y étala le lubrifiant. Il refit couler du gel et passa son pouce juste à l'intérieur de l'anneau serré.

— Ton cul est si étroit, murmura-t-il en pressant son pouce jusqu'à ce qu'il entre un peu et sorte facilement.

Il retira son pouce et le remplaça par deux doigts plus longs. Plus de lubrifiant, plus de pression.

Elle s'efforça de rester détendue face à l'étrange sensation de plénitude qu'elle ressentait à l'arrière.

— Gray, *putain...* Connor gémit. Il faut qu'on s'y mette avant que je jouisse.

Gray ne répondit pas. Au lieu de ça, il frappa à nouveau le cul de Paige.

Elle couina, surprise, puis il fut en elle. Pas complète-ment. Parce que ça semblait impossible. Ça aurait été difficile même si Connor n'avait pas été en elle. La pression était considérable. Elle ferma les yeux, se concentrant sur ce qu'il faisait.

Il bougea lentement, pressant, poussant, l'étirant. Ses doigts tremblaient à l'endroit où il agrippait ses hanches. Il respirait par à-coups.

Les doigts de Connor appuyèrent sur son clito, l'encerclant, incitant Paige à s'ouvrir plus largement pour les accepter tous les deux.

Bon sang ! Elle avait ses deux hommes en elle en même temps.

— Tu dois commencer à bouger, Connor. À l'inverse de moi.

Quoi ?

Heureusement, Connor savait de quoi parlait Gray. Il entra et sortit d'elle lentement. Quand Connor la pénétrait, Gray se retirait. Lorsque Gray la pénétra, s'installant encore plus profondément cette fois, Connor sortit presque complètement. À chaque mouvement, ils créaient de l'espace pour l'autre. Jusqu'à ce qu'ils soient à tour de rôle au plus profond d'elle.

Paige perdit la tête. C'était la sensation de plénitude la plus incroyable qu'elle ait jamais connue. Ils allaient lentement et étaient attentifs. Mais ce rythme d'escargot la poussa encore plus vite au bord du gouffre. Son corps les acceptait tous les deux, et rien que cette idée la fit jouir... violemment.

Elle cria, voulant s'agripper à quelque chose lors des grandes vagues de son orgasme, mais elle n'y parvint pas. Ses mains étaient toujours attachées derrière son dos.

Les deux hommes hésitèrent pendant son orgasme. Elle entendit un sifflement de la part de Connor et un son grave provenant du fond de la gorge de Gray. Elle imaginait que les deux ne tenaient qu'à un fil.

Gray la frappa à nouveau, plus fort cette fois.

Paige écrasa ses hanches contre Connor, déterminée à accélérer le rythme.

— Putain, bébé. Putain, bébé, commença à répéter Connor, sans réfléchir. Oh putain !

Son pouce frotta son clito à un rythme endiablé, l'incitant à se contracter encore plus autour de sa bite.

Cela avait dû compliquer l'entrée de Gray.

— Tu vas encore jouir, Paige ? lui demanda Gray.

Elle hocha la tête.

— Connor ?

— Oh, putain oui. Je suis prêt, grogna-t-il.

— Paige, tu vas jouir quand je te le dirai. Compris ?

Paige hocha à nouveau la tête. S'il pouvait la faire jouir sur commande, elle ne le laisserait plus jamais quitter la maison.

Gray s'enfonça encore plus profondément en elle.

Elle n'avait pas réalisé qu'il n'était pas complètement logé. L'étirement lui procura un plaisir presque douloureux. Puis elle atteignit rapidement un début d'orgasme. Son cœur battait la chamade, son souffle coupé. Lorsque Gray la pénétra à nouveau, il lui dit de jouir.

Elle fut incapable de faire quoi que ce soit d'autre.

Connor poussa un juron en se soulageant au plus profond d'elle et Gray grogna, ses doigts s'enfonçant dans la chair de Paige.

Celle-ci s'effondra de tout son poids sur le buste de Connor, posant sa joue sur sa peau humide. Il lui arracha le bandeau et retira son bâillon, jetant les cravates sur le côté.

Gray lui libéra les poignets avant de s'extraire de son anus et de se diriger vers la salle de bains.

Paige frotta ses mains pour que le sang se remette à circuler, tout en tournant son regard vers le visage de son mari.

Il avait l'air satisfait. Et épuisé. Ses yeux regardaient dans le vague, sa respiration était toujours irrégulière. Il arborait un sourire jusqu'aux oreilles. Il écarta les cheveux du visage de sa femme, loin de sa peau humide.

— Bon sang ! Est-ce que c'était ce que tu attendais de ce fantasme ?

— Putain oui !

— Bien, dit Gray en revenant.

Son poids plia le matelas alors qu'il s'installait de son côté du lit. Il avait l'air aussi détendu et qu'épuisé.

Paige était sûre d'avoir exactement la même tête qu'eux. Elle avait besoin d'une douche. Toutefois, elle devait d'abord savoir un truc.

— Vous parliez dans mon dos ?

Les deux hommes se regardèrent, sourirent, puis se tournèrent vers elle.

— On aura une discussion à ce sujet quand je sortirai de la douche.

Elle faisait semblant de les faire chier. Parce que quoi qu'il se fût passé, quoi qu'ils eussent dit, qu'importe ce que Connor avait fait pour que Gray rentre à la maison, elle s'en fichait. Elle était juste contente qu'il soit là. Elle se sentait également prête à veiller à ce que Connor et elle incluent mieux Gray comme partenaire à l'avenir.

Et pour le reste de leur vie.

Épilogue

Paige s'assit de côté sur les genoux de Gray, se servant de son bras et d'une partie de son grand buste comme dossier. Ses jambes étaient posées sur les genoux de Connor, installé dans la chaise longue à côté d'eux. Son mari avait la tête en arrière et les yeux fermés, et passait ses paumes sans réfléchir sur ses mollets.

Magnum, le berger allemand de Logan, était assis aux pieds de Ty, qui s'occupait des lanières de bœuf d'Aubrac sur le gril. La langue du chien pendait. Paige aurait juré qu'une corde de bave y était accrochée. Elle n'en voulait pas au chien. Vu le nombre de steaks, il devait y avoir la moitié d'une vache sur ce gril. Elle eut l'eau à la bouche rien qu'en y pensant.

Logan sortit une bière d'un énorme bac de glace posé dans un coin de l'immense terrasse. Il en lança une à Connor, qui l'attrapa sans difficulté. Il ne fallait pas croire que Connor s'endormirait en ce lundi férié ensoleillé.

— T'aurais dû être receveur, Con, dit Logan en souriant.

Paige jeta à son frère un regard exagérément renfrogné.

La dernière chose dont ils avaient besoin était de lancer Connor sur le sujet du football. Sinon, elle risquait d'entendre pour la millionième fois les différences entre le football australien et le football américain. Surtout aujourd'hui, quand Connor était surpassé en nombre par d'anciens joueurs de football de la NFL.

Quinn sortit de la maison, son ventre ouvrant la marche. Il était plus gros pour cette grossesse qu'à la précédente. Une main tenait son estomac distendu alors qu'elle essayait de porter un énorme bol de salade de macaronis avec l'autre.

— Tu t'en sors ? demanda Paige, prête à se lever pour l'aider.

Quinn lui fit un signe de main, lui indiquant de rester où elle était. Elle cala le bol contre la courbe de son ventre pour éviter qu'il tombe.

Paige savait que si elle le faisait, tous les coriaces joueurs de football pleureraient. La salade de macaroni de Quinn était géniale.

— Ça va. T'as l'air à l'aise, étalée sur tes hommes.

Mes hommes.

Oui, c'est ce qu'ils étaient.

— Et de toute façon, continua-t-elle en se dandinant jusqu'à la grande table installée à l'ombre. Les gars sont juste derrière moi pour apporter le reste de la nourriture.

Elle prit un air rêveur.

— Attendez de goûter la tarte aux pêches d'Ève. Elle est à tomber par terre.

Ren Landis franchit la porte ouverte en portant un grand plateau rempli de nourriture.

— Oui, elle le sait. J'ai dû lui taper sur les doigts, sinon il n'y en aurait pas eu pour nous autres.

— Oooh. T'as écarté une femme enceinte de la nourriture ? lui demanda Paige. Et tu n'as pas reçu de coup de pied dans les couilles ?

Ren rit.

— J'ai vu ma vie défiler devant mes yeux, mais je me suis dit que sauver le clafoutis valait bien ce sacrifice.

Il posa le plateau sur la table et débarrassa Quinn de la fameuse salade de macaronis. Se glissant derrière Quinn, il passa ses bras autour de sa taille élargie et lui frotta le ventre.

Quinn sourit et lui tapota les mains.

Paige ne put s'empêcher de voir son frère se raidir et faire un pas en avant.

— T'as envie de mourir, dit Ty à son ami en riant, alors qu'il pivotait pour retourner les steaks.

Ren fit un grand sourire à Logan tout en faisant une grosse bise sur la joue de Quinn. Puis il recula, les mains en l'air pour montrer qu'il se rendait.

— Un jour, je vais te botter le cul, l'avertit Logan.

Malheureusement, il ne plaisantait pas.

— Tu peux essayer, répondit Ren.

Le niveau de testostérone sur la terrasse monta de quelques crans. Paige se demanda s'ils allaient devoir interrompre une vraie bagarre. Ren savait bien comment pousser Logan à bout, et il adorait le faire.

Mais dès que Cole Dixon sortit en portant Preston, les deux hommes laissèrent tomber leur duel muet pour se concentrer sur l'enfant.

— Je crois que quelqu'un a chié dans sa couche, déclara Cole.

— Super, Cole, attention à ta bouche avec mon gamin, dit Logan en fronçant les sourcils. Et c'est une culotte, pas une couche.

— Tu n'as pas besoin de t'entraîner, Cole ? lui proposa Quinn en riant depuis un siège à l'ombre.

— Ah, non.

— Oh si, il en a besoin, dit Ève en montant les marches qui montaient sur la terrasse depuis le jardin.

Elle était allée faire un tour. Son ventre était deux fois moins gros que celui de Quinn, mais il était tout de même bien visible. Elle avait marché pour essayer de détendre les muscles tendus de son dos.

— Cette merde n'a pas intérêt à être contagieuse, marmonna Paige.

Elle sentit le corps de Gray trembler avant d'entendre son rire.

— Ce n'est pas drôle, Gray. Je suis sérieuse.

— J'aimerais bien voir ton ventre grossir de notre enfant.

Grossir. Enfant.

Non.

Elle frissonna à ses mots, s'imaginant porter en elle l'enfant de Gray ou celui de Connor. Elle repoussa ce sentiment indésirable.

— Va te faire foutre.

— Les oreilles ! cria Logan en penchant la tête vers Preston.

— Cette bouche, la réprimanda Gray en secouant la tête.

Paige fronça les sourcils. Elle se rappela qu'une grossesse semblait et était probablement déplorable et douloureuse.

— On prendra un chien, dit-elle en guise de compromis.

Connor lui tapota la jambe tandis que Gray riait.

Celui-ci faillit mettre le cul de Paige sur le pont en se levant.

— Je vais le changer. J'ai besoin de m'entraîner, déclara-t-il *très* fort.

Tous les regards se tournèrent vers Paige.

Maintenant, une vraie chaleur monta dans ses joues.

— Je ne suis *pas* enceinte. Bon sang !

Gray rit en prenant Preston des bras de Cole et l'emmenant dans la maison.

— Est-ce qu'il sait ce qu'il fait ? demanda Quinn en chuchotant à l'autre bout de la terrasse.

— Comment je le saurais ? répondit Paige.

Ils la regardèrent tous comme si elle devait rentrer et aller l'aider.

Eh bien, elle n'allait pas le faire. Il s'était porté volontaire, alors tant pis pour lui.

— C'est une putain de culotte, ce n'est pas sorcier.

Logan secoua la tête et s'installa à côté de Quinn, tout en gardant un œil sur Ren.

Bien sûr, Ren adora.

Paige se demandait quand son frère comprendrait que l'homme n'essayait pas de voler sa femme. Ren avait déjà fort à faire avec Cole et Ève. En plus, ils allaient bientôt avec leur propre enfant.

— Quand tu dois accoucher ? demanda Connor à Quinn.

— Pas assez vite, répondit Quinn.

— Combien d'enfants vous prévoyez d'avoir tous les trois ? demanda Ève.

— Autant qu'il faudra pour que l'un d'eux sorte chocolat, annonça Ty en chargeant un plateau des steaks parfaitement grillés et les apportant à la table.

— Alors celui-là ferait mieux d'être chocolaté avec des morceaux de chocolat noir, Ty. Parce que je veux retrouver mon corps, dit Quinn à son mari.

— Oh, mon Dieu ! s'écria Ève en posant une main sur son ventre. C'est ce que je dois attendre avec impatience ?

Elle regarda Cole et Ren avec une expression paniquée.

— Bébé, on est tous les deux chocolat. L'un au lait, l'autre noir. Alors, tout va bien, la rassura Ren en se penchant pour frotter son ventre.

Paige voulut faire remarquer que Cole n'était même pas assez noir pour être considéré comme chocolat au lait. Chocolat à la vanille, peut-être. Mais ce n'était probablement pas le moment. Elle fut donc assez intelligente pour se taire.

Gray était revenu avec Preston qui portait une nouvelle culotte. La mission avait été réalisée avec succès.

Paige devait admettre que le fait de voir la main de Preston dans celle de Gray, l'enfant titubant sur le pont, lui fit un peu fondre le cœur. Gray ferait un bon père. Strict, mais bon. Elle regarda son mari. Connor serait le bon flic pour leurs enfants, Gray le méchant flic.

Paige secoua la tête. À quoi pensait-elle ?

Grrr.

Il fallait qu'elle se souvienne de renouveler sa pilule contraceptive.

— Très bien, mangeons, dit Logan.

Gray redonna Preston à son père, qui installa le petit dans une chaise haute entre Ty et lui.

Le fait qu'ils partagent leur rôle de père de manière si harmonieuse avait toujours émerveillé Paige.

— Tu sais, en voyant tous ces trouples, je me rends compte qu'on est une bande bizarre, songea Paige à voix haute.

— Peut-être qu'on deviendra la nouvelle norme, dit Ève en se gavant de la succulente salade de macaronis.

— Ce n'est pas l'Utah, rétorqua Cole en prenant une bouchée d'un petit pain chaud et beurré.

Paige s'esclaffa. Non, ce n'était pas l'Utah. Mais qui s'en souciait ? L'amour, c'était l'amour. N'est-ce pas ?

Avec bébé Preston à la table, ils étaient dix. Une sorte de famille élargie un peu dingue. Et bientôt, ils seraient une douzaine.

— Je suis content que vous ayez surmonté votre petite

période difficile cet été, déclara solennellement Logan, regardant Connor, Gray et sa sœur.

Paige se crispa, car elle savait que Gray détestait que ses affaires personnelles soient abordées.

— Ces deux semaines ont été les plus difficiles que j'ai vécues depuis mon opération cardiaque. Cette absence m'a vraiment montré à quel point je ne pouvais pas vivre sans eux.

Ses paroles la terrassèrent totalement. Qui était cet homme ? Paige tourna la tête pour le fixer, bouche bée.

— Ferme ta bouche, lui dit doucement Gray.

— Pareil pour moi, ajouta Connor. Croyez-moi, l'idée qu'il puisse ne pas revenir nous a fait flipper.

— Rester ouvert et être incroyablement honnête, c'est le seul moyen de faire fonctionner cette me…

Cole s'arrêta net en fixant Preston.

—… relation.

Ève lui adressa un sourire et passa la main sous la table pour lui tapoter la cuisse.

— T'es content d'être enfin de retour dans ta maison, Gray ? demanda Ty.

Paige ne serait pas étonnée si Gray sautait de sa chaise, courait comme un fou sur le pont et criait « Oui, oui, oui ! » à pleins poumons.

Il ne le ferait pas, mais quand même…

— Au moins, notre maison a une piscine, dit Connor.

Il commençait à s'habituer à dire *notre maison* et plus *celle de Gray*. Elle aussi.

— Les gars, vous avez un grand jardin, vous avez besoin d'une piscine.

— À moins que tu ne veuilles la payer, tu nageras dans la tienne, rétorqua Logan en la regardant. Les enfants coûtent cher.

— C'est sûr. J'ai hâte que Preston soit assez grand pour conduire un tracteur. On le mettra au travail pour faucher les champs de gazon. Il doit gagner sa vie, dit Ty en souriant.

— T'as encore quelques années devant toi, chéri, répondit Quinn en avalant une bouchée de gâteau aux pêches.

Elle commençait par le dessert, mais personne n'avait envie de contredire une femme enceinte.

— On a décidé de lui offrir un tracteur en jouet pour Noël, dit Logan.

— Et une paire de gants de travail, ajouta Ty en plaisantant.

Après avoir mangé, ils s'installèrent sur la terrasse pour profiter du beau temps de ce début septembre. Preston était parti faire une sieste. Les hommes encadraient leurs femmes, buvant de la bière et plaisantant les uns avec les autres.

Tout le monde ici était vraiment heureux. Un sentiment de satisfaction envahit Paige alors qu'elle observait le groupe.

Ty et Quinn étaient les meilleures choses qui soient arrivées à Logan. Ren et Cole étaient les meilleures choses qui puissent arriver à Ève.

Puis, en regardant Gray, Paige se rendit compte qu'il était la meilleure chose qui leur soit arrivée, à elle et à son mari. Les deux derniers mois, depuis qu'ils avaient quitté leur maison pour s'installer dans celle de Gray, avaient cimenté leur relation. Ils vivaient désormais comme un tout. Leur mariage n'était plus le plat principal, et Gray l'accompagnement. Tout était égal entre eux trois. Comme ça devait l'être.

Elle avait toujours été fascinée par la relation non conventionnelle de son frère. Voilà que quelques années plus tard, elle avait trouvé la sienne. Elle ne pouvait pas être plus heureuse. Et satisfaite. Elle ne lutta pas contre le sourire qui se répandit sur son visage.

Cette relation avait certainement des avantages.

Gray la regarda curieusement, puis se leva de sa chaise pour se glisser derrière Connor et elle.

— Je ne vous ai jamais dit quel était mon fantasme, chuchota-t-il en se penchant vers eux.

— Qu'est-ce que c'est ? demanda Connor, tendant la main en arrière pour passer affectueusement une main autour du crâne chauve de l'autre homme.

— D'être le receveur. Et je veux que cette personne soit toi, Connor. Seulement toi.

À cette révélation, Paige tourna la tête vers Gray. Elle n'aurait jamais cru qu'il accepterait un truc pareil.

Bon sang !

Ils allaient devoir s'excuser et quitter le barbecue plus tôt que prévu.

Paige était certaine que personne n'y verrait d'inconvénient...

Inscrivez-vous à la lettre d'information de Jeanne pour connaître ses prochaines sorties, ses ventes et bien plus encore (En anglais):

http://www.jeannestjames.com/ newslettersignup

Jeanne St. James

Un désir osé

Deux avocats de la défense avec un quarterback de la NFL en difficulté… qu'est-ce qu'on obtient ? Un conflit épicé et sexy au sein d'un ménage à trois.

Pour son cabinet juridique de haut niveau, Gryff Ward a engagé comme associée Rayne Jordan, une avocate de la défense chaude comme la braise. Il a fait une grave erreur, même si c'est l'une des meilleures. Maintenant, il a du mal à rester professionnel, surtout quand elle insiste pour l'appeler « Boss ».

Rayne est attirée par l'avocat renommé du cabinet depuis son entretien. Elle est bien consciente qu'en appelant cet homme conservateur « Boss », elle le rend fou… de la meilleure des manières.

Ajoutez au mélange Tray Holloway, leur tout nouveau client et ancien quarterback de la NFL, qui est en difficulté. Les tensions surviennent quand il est évident que Gryff et Tray désirent tous les deux Rayne. Gryff est prêt à se battre pour elle. Toutefois, Tray ne cache pas qu'il veut également Gryff.

Même s'il refuse obstinément d'admettre ses désirs les plus profonds et les plus sombres, Gryff a du mal à lutter contre son attirance pour Rayne, mais aussi pour un autre homme.

Puis, Rayne prend le contrôle. Elle est déterminée à les avoir tous les deux, non seulement dans son lit, mais aussi dans sa vie. Elle n'arrêtera pas avant d'avoir réussi.

Tournez la page pour lire le premier chapitre du livre suivant : http://mybook.to/ ADaringDesire-FR

Un désir osé (livre 4)
A Daring Desire

Chapitre un

LA BITE de Gryffin Ward était si dure qu'il grimaça.

La nouvelle collaboratrice de son cabinet d'avocats se tenait de l'autre côté de son bureau, et lui parlait. Elle lui parlait *vraiment*.

Il n'avait aucune idée de ce qu'elle racontait.

Plus il regardait ses lèvres bouger, plus il se disait qu'il n'aurait pas dû l'engager, et ce, même si elle lui avait été vivement recommandée.

Les statistiques de Rayne étaient tellement bonnes qu'il aurait été idiot de passer à côté. Plus son cabinet gagnait de procès, plus ils attiraient des clients. Plus les clients faisaient appel à eux, plus son entreprise prospérait. Ce qui signifiait...

Oh, putain. Qui s'en souciait. Pour l'instant, il avait désespérément besoin de décaler son membre parce que son érection était coincée dans une position douloureuse sous son pantalon.

— Alors, vous en pensez quoi, Patron ?

Seigneur ! Encore cette histoire de « Patron ».

Elle devait commencer par mettre des habits de nonne et cesser de l'appeler ainsi. Sinon, ses couilles seraient bleues en permanence.

Qu'est-ce qu'il en pensait ? Rien. Tout le sang de son cerveau s'était engouffré dans sa bite, si bien qu'il avait zéro réflexion pertinente.

— Tu n'es pas obligée de m'appeler Patron. En fait, s'il te plaît, évite.

— Je le sais bien.

Avec un sourire, Rayne se pencha vers lui et lui donna une petite tape sous le menton avant de tourner sur les talons de ses escarpins *d'allumeuse* et se diriger vers la porte.

— Mais j'aime bien, lança-t-elle par-dessus son épaule.
Moi aussi.

Il jeta un dernier coup d'œil à la jupe moulante avec une fente à l'arrière, celle qui épousait le somptueux cul de son employée, et aux bas qu'elle portait, une couture remontant à l'arrière de ses jambes. Puis, elle disparut, laissant la porte de son bureau ouverte.

Gryff ferma les yeux et souffla.
Putaaaaaaaaaiiiiiiiiinnn.

Pas étonnant qu'elle ait gagné la majorité de ses procès. Le juge et le procureur devaient avoir le cerveau en bouillie après l'avoir vue arpenter la salle d'audience pour interroger les témoins à la barre.

Quoi qu'il en soit, c'était une avocate de la défense hautement respectée.

Mais il devrait la renvoyer. Il n'avait jamais eu de relation avec une collaboratrice et n'allait pas commencer maintenant. Même s'il était terriblement tenté.

Un salaud. Voilà ce qu'il était.

Il expira une nouvelle fois et passa les mains sur son visage.

— Gryff, appela une voix féminine depuis la porte.

Il écarta suffisamment les doigts pour apercevoir sa secrétaire, Dani.

— Oui ?

— Tu vas bien ?

Putain non ! Il n'allait pas bien. Il était complètement cinglé.

— Oui.

Il soupira et baissa ses mains pour couvrir la preuve de sa folie, au cas où elle approchait.

— OK. Bah, ton frère est sur la ligne une.

Si ça ne le faisait pas débander, alors rien n'y parviendrait.

— Merci. Ferme la porte, s'il te plaît.

Elle lui fit un petit sourire et s'exécuta. Voilà une femme avec laquelle il pouvait travailler sans perdre la tête. Dani avait un style traditionnel, ce qui était attendu dans un cabinet d'avocats de renom. Contrairement à Rayne.

En redressant rapidement sa virilité qui dégonflait, il décrocha le combiné et appuya sur le bouton de la ligne 1.

— Quoi de neuf, grand frère ?

— Hé ! Qu'est-ce qui t'arrive ? lui répondit son frère aîné, Gray.

Si seulement son frère savait ce qu'il venait de se passer.

Depuis que Gray s'était mis en ménage avec ses amants, Paige et Connor, l'homme avait définitivement laissé tomber les chichis et semblait plus détendu. Son langage bienséant avait pris une petite tournure désinvolte. Mais Paige avait la langue bien pendue et jurait comme un marin, alors il n'était pas surpris que cela déteigne sur Gray. Il était temps que son frère se détende.

— J'ai besoin d'une faveur, poursuivit Gray.

Bon sang ! Gray ne demandait jamais rien. Son frère aîné au comportement carré ne pouvait pas avoir des problèmes juridiques, n'est-ce pas ?

— Dis-moi.

— J'ai un joueur...

Ah, merde.

— Il a besoin d'un avocat.

Encore un vilain joueur de football qui se retrouvait dans le pétrin. Rien de nouveau. Mais que Gray vienne solliciter son aide ? Ça, c'était nouveau.

— Et t'es le meilleur.

— T'essaies de m'amadouer ? demanda Gryff en fronçant les sourcils.

— Oui. Il a besoin de ton aide. C'est un bon joueur et notre équipe a besoin de lui. Mais il est suspendu jusqu'à ce que ce petit *pépin* juridique soit résolu.

— Petit à quel point ?

— Minuscule.

— Arrête tes conneries.

— Le juge veut faire un exemple, car il n'aime pas que les athlètes professionnels s'en tirent avec des trucs du genre.

Des trucs du genre. Les mots « domestique » et « agression » se bousculèrent dans la tête de Gryff.

— Il a frappé sa femme ou sa petite amie ?

— Non.

— Arrête de tourner autour du pot, Gray. Ça ne te ressemble pas.

Le silence retentit à l'autre bout du fil.

— Quelle est l'accusation ? insista Gryff.

— Coups et blessures.

Gryff fit une moue et s'avachit dans son fauteuil de bureau en cuir, levant les yeux vers le plafond.

— Qui est le juge ?

—Thompkins.

Gryff se redressa d'un coup sec. *Merde.* Il n'avait pas eu envie d'entendre le nom de ce chieur. D'ailleurs, il était presque certain de ne pas vouloir connaître la réponse à la question suivante.

— C'est qui ?

— Trey Holloway.

Gryff ferma les yeux et jura dans sa tête.

— Non.

Ces dernières années, Trey Holloway avait bien trop de fois fait parler de lui. Ce type semblait échapper à tout contrôle. Gryff n'était pas surpris d'apprendre qu'il avait été accusé d'agression.

— C'était de la légitime défense.

— Bien sûr...

Gryff enfonça le talon de sa main dans son œil droit. Il sentait le début d'une migraine.

— Je le crois, dit doucement Gray. Écoute, je sais qu'il a des problèmes. C'est un gamin terrible, mais il est bon sur le terrain. Il a le potentiel de nous emmener au Super Bowl la saison prochaine. Je ne veux pas le voir tout gâcher.

— Tu fais ça pour l'équipe ? Ou pour lui ?

Une seconde hésitation du côté de Gray.

— Les deux. L'un peut aider l'autre.

Peut-être. Mais un agitateur pouvait aussi faire imploser l'équipe. Si quelqu'un le savait, c'était Gray. Gryff était sûr qu'il en était conscient, alors pourquoi Gray se mettait-il en danger pour ce type ? Pourquoi ce gars était-il différent de tous les autres joueurs qui avaient été arrêtés à cause de trucs stupides ?

— Raconte, dit Gryff.

— Il était dans un bar...

Ouais... C'était comme ça que commençaient toutes les bonnes histoires.

— Et il a dragué un gars...

— Il est gay ?

Eh bien, Gryff ne s'attendait pas à ça.

— Ils étaient dehors derrière le bar, à se bécoter... poursuivit Gray en ignorant sa question.

Se bécoter. Comme des adolescents ?

— Les amis du gars les ont surpris. Quand c'est arrivé, le mec a accusé Trey de l'avoir forcé, parce que le mec n'avait pas encore fait son coming-out. Le gars s'est indigné et a frappé Trey pour que l'histoire fasse vrai. Les amis du type sont intervenus et ont cogné Trey. Ils étaient plus nombreux que lui. Mais Trey s'est défendu et a fini par mettre les quatre gars à terre, blessant assez gravement deux d'entre eux.

— Merde, murmura Gryff, visualisant toute la scène dans sa tête, au fur et à mesure que son frère la lui décrivait.

— Ouais. Mais c'est la parole de Trey contre les quatre autres. Personne dans le bar n'a été témoin de l'altercation, ou si c'est le cas, personne ne s'est manifesté. Trey prétend que c'était de la légitime défense et je le crois. Personne de sensé ne s'attaque à quatre types par plaisir.

Sauf s'ils sont ivres.

— C'est le seul qui a été arrêté ?

— C'était le seul debout à la fin.

— Merde, murmura encore Gryff. D'après ce que j'ai entendu sur lui, j'aurais pensé qu'Holloway aurait un avocat sous contrat.

— C'est le cas. Mais c'est une question de vie ou de mort. Comme je l'ai dit, personne n'est meilleur que toi.

— De vie ou de mort ?

— De sa carrière, précisa Gray.

Gryff fit pivoter sa chaise pour regarder dehors par la fenêtre derrière lui.

— Eh bien, si tu ne me mets pas la pression…

— Tu peux gérer.

— J'ai besoin de temps pour y réfléchir.

— On n'a pas le temps.

— Pourquoi ? Quand est-ce que…

Un raclement de gorge se fit entendre derrière lui. Il regarda par-dessus son épaule et tomba sur les yeux bleus de Trey Holloway. Le type lui fit un clin d'œil et un sourire insolent.

C'est quoi ce bordel ?

— Gray, dit Gryff d'un ton menaçant.

— J'allais te prévenir, gloussa son frère.

— Pas assez vite.

— Oui, eh bien….

La ligne fut coupée.

Enfoiré. Il allait tuer son frère.

Gryff retourna lentement sa chaise et raccrocha délicatement le téléphone, bien qu'en réalité, il n'avait qu'une envie : bien de le frapper cinquante fois sur le socle jusqu'à ce qu'il explose. Mais il était civilisé. Il ne pouvait pas perdre son sang-froid devant un client.

Même s'il s'agissait de Trey Holloway.

De toute évidence, Gryff devait avoir une discussion avec Dani qui laissait les clients entrer dans son bureau sans être annoncés ou même invités.

Il scruta l'homme qui se tenait au milieu de son bureau. Ses yeux bleus paraissaient plus clairs en raison de son teint foncé. Ses cheveux d'un blond cendré zébrés de mèches, qu'elles soient vraies ou artificielles, lui arrivaient presque aux épaules. Une barbe couvrait sa mâchoire. L'homme était assurément bâti comme un quarterback, et non comme un défenseur. Il portait une chemise blanche boutonnée qui mettait en valeur le teint de sa peau, dont les manches étaient retroussées jusqu'aux coudes, et rentrée dans un jean bien ajusté. Des bottes de cow-boy pointues et bien usées habillaient des pieds qui lui permettaient d'atteindre rapidement l'autre bout du terrain lorsque c'était nécessaire.

— Vous aimez ce que vous voyez ?

— Je ne couche pas avec les hommes, dit Gryff en levant les yeux vers son visage.

— Est-ce qu'ils couchent avec vous ?

Gryff pinça ses lèvres et se demanda s'il devait lui-même s'occuper de la prochaine raclée de Trey. Bien que, comme la dernière fois, cela ne servirait probablement à rien. Il secoua la tête.

— Je ne joue pas sur ce terrain-là.

— Ne jamais dire jamais. Votre frère le sait. C'est peut-être familial.

Les doigts de Gryff se crispèrent sur les accoudoirs de sa chaise de bureau. Tant pis pour les présentations polies.

— Vous baisez beaucoup d'hommes, Holloway ?

Pendant un bref instant, Trey sembla surpris face à cette question inattendue, mais son expression disparut rapidement, dissimulée par le large sourire qu'il afficha sur son visage.

— Vous voulez dire au cours de ma vie ou en une nuit ?

Trey essayait de le choquer, de le faire réagir. Deux personnes pouvaient jouer au même jeu.

— Combien d'hommes avez-vous eus en une nuit ?

— Je n'ai pas assez de doigts pour les compter, rétorqua Trey en levant les mains et écartant les doigts.

— Si nécessaire, vous pouvez aussi utiliser vos orteils.

— Vous avez un meilleur sens de l'humour que votre

frère, commenta Trey dont les commissures des lèvres tiquèrent.

— Vous ne m'entendez pas rire.

Puis ils se turent. Trey étudia Gryff un instant, puis hocha vivement la tête.

— Nous sommes partis du mauvais pied, dit-il en tendant la main. Trey Holloway.

Gryff ne serra pas la main qui lui était présentée et ne prit même pas la peine d'y jeter un coup d'œil.

— Je sais qui vous êtes. Asseyez-vous.

Trey haussa un sourcil, mais posa ses fesses sur l'un des sièges destinés aux vrais clients. Pas à un crétin irresponsable comme celui qui se trouvait devant lui.

Il installa ses pieds sur le bureau de Gryff. *C'était. Quoi. Ce. Bordel.*

— Enlève tes sales bottes de mon bureau. Mets tes pieds par terre, redresse-toi et agis comme si tu savais comment te tenir, lâcha Gray en laissant tomber les formules de politesse.

Trey laissa tomber ses pieds sur le sol et se recula dans sa chaise, les joues subitement colorées. Il se racla la gorge.

— Merci d'accepter mon dossier.

Ce fut au tour de Gryff de froncer les sourcils.

— Je n'ai pas encore dit oui.

— J'ai été accusé à tort.

— C'est ce que disent toujours les coupables.

— Hé ! J'étais la victime.

— Bien sûr.

— Ton frère assure que t'es le meilleur, dit Trey en croisant les bras sur son torse.

— C'est vrai.

Trey installa une cheville sur son genou et sourit.

— Qu'est-ce qu'il faut que je fasse ?

— Que tu te tiennes à carreau, et un acompte de cinq cent mille dollars.

Les yeux de Trey s'écarquillèrent et il siffla doucement.

Ah, tu vois ? Tu n'es pas le seul capable de choquer et impressionner.

— Si tu merdes, tu perds l'acompte.

— Donc, c'est une assurance.

— Tu comprends vite.

— Ce n'est pas parce que je joue au football que je suis stupide, rétorqua Trey en secouant la tête.

— On verra ça.

— Hé, Patron ! s'exclama Rayne en faisant irruption par la porte ouverte, les yeux rivés sur un dossier.

Elle s'arrêta net quand elle leva le regard et aperçut Trey.

— Oh, désolée. Je n'avais pas réalisé que t'étais avec quelqu'un.

Gryff ne manqua pas de voir les yeux verts de l'avocate s'écarquiller lorsqu'elle reconnut la personne assise dans son bureau.

— *Oh.*

Oui, *oh.*

Les yeux de Gryff se plissèrent lorsqu'il remarqua Rayne passer les doigts dans ses cheveux, comme pour les arranger. Il n'y avait rien à recoiffer. Ses longs cheveux blonds donnaient toujours l'impression qu'elle venait de se réveiller, ce qui correspondait à sa personnalité.

— Vous êtes Trey Holloway, souffla-t-elle.

Gryff fronça les sourcils en voyant la soudaine couleur des joues de la femme et le regard avide qu'elle lui lançait.

Trey se leva et lui tendit la main. Eh bien, ce type avait peut-être encore quelques bonnes manières.

— Oui, m'dame.

— M'dame ? Oh, je vous en prie.

Elle faillit glousser. *Glousser.* Les commissures de ses lèvres s'incurvèrent alors qu'elle refermait ses doigts autour de ceux du quarterback.

Le regard de Gryff se posa sur leurs mains. Des mains qui ne s'agitaient pas en signe de salutations, mais qui se tenaient simplement. Le doigt de Trey chatouillait-il la paume de Rayne ? Le quarterback lui adressa un sourire ravageur et porta la main de la femme à sa bouche pour l'embrasser.

— Et toi ?

Cela sembla surprendre Rayne.

— Oh, euh... Rayne. Rayne Jordan.

— Enchanté, mademoiselle Jordan.

— Euh, juste Rayne.

Putain de merde, elle venait de lui faire des yeux de biche.

Gryff toussota vivement et ils se tournèrent tous les deux vers lui.

— Holloway, assieds-toi. Rayne, de quoi t'as besoin ?

— Oh, ça peut attendre, Patron.

Elle ne bougea pas. Oh, hors de question. Au lieu de ça, elle se déplaça presque devant la chaise de Trey et posa ses fesses sur le bord du bureau de Gryff. Tout simplement.

— Vous êtes un nouveau client ? demanda Rayne à Trey.

Était-elle en train de haleter ?

— Oui, répondit-il en lui adressant un sourire éblouissant.

Trey était le genre de type qui croyait que son physique et son charme l'aideraient à s'en sortir dans la vie. Il avait besoin de voir la dure réalité en face. On aurait pu penser qu'après s'être fait arrêter, et ce n'était pas la première fois, pour agression, avoir reçu un bon coup de pied au cul et avoir été suspendu de l'équipe, cela aurait suffi. Apparemment pas.

— On ne sait pas encore, corrigea Gryff. On parlait des conditions.

— Il n'y a rien de plus à dire, répondit Trey, sans rompre le contact visuel avec Rayne. Je respecterai les termes.

Un muscle de la mâchoire de Gryff tressauta. Et tressauta encore une fois. Il allait tuer son frère.

Disponible ici : mybook.to/ADaringDesire-FR

Si vous avez aimé ce livre

Merci de votre lecture. Si vous avez apprécié ce livre, merci de publier un avis sur votre site de vente préféré et/ou catalogue en ligne de type Goodreads pour en informer les autres lecteurs. Les avis sont toujours très appréciés et quelques mots suffiront à aider énormément une auteure indépendante comme moi!

Livres en Français

Made Maleen: Un conte de fées moderne revisité

Endommagé

Série Des Frères en Uniforme :

Des Frères en Uniforme : Max (livre 1)

Des Frères en Uniforme : Marc (livre 2)

Des Frères en Uniforme : Matt (Tome 3) - comprend aussi Teddy (Nouvelle 3.5)

Des Frères en Uniforme : Noël Chez la Famille Bryson (livre 4)

La Série Dare Ménage :

Osez doublement (livre 1)

Proposition osée (livre 2)

Osez être trois (livre 3)

Un désir osé (livre 4)

Oser s'abandonner (livre 5)

Un voyage audacieux (livre 6)

Livres en Français

LA SUITE EST à VENIR !

À propos de l'auteur

JEANNE ST. JAMES est une auteure de romances, dont les best-sellers sont en vente dans le monde entier et figurent au classement de *USA Today*. Elle adore mettre en scène des femmes fortes et des mâles alpha. Elle n'avait que treize ans quand elle a commencé à écrire. Son premier texte publié était une nouvelle érotique, dans le magazine *Playgirl*. Elle a écrit sa toute première romance en 2009. Depuis, elle est l'auteure de plus de cinquante romances contemporaines. Ses sujets de prédilection sont les histoires M/F et M/M, les trios M/M/F et les couples mixtes. Elle écrit aussi sous le nom de plume J.J. Masters. Envie de découvrir un peu plus ses œuvres ? Téléchargez un extrait gratuit en anglais : Book-Hip.com/MTQQKK

Pour ne rien rater de ses actualités et de ses parutions, consultez son site web www.jeannestjames.com ou inscrivez-vous à sa newsletter (en anglais): http://www.jeannestjames.com/newslettersignup

www.jeannestjames.com
jeanne@jeannestjames.com

Jeanne's Groupe de lecteurs: https://www.facebook.com/groups/JeannesReviewCrew/

TikTok: https://www.tiktok.com/@jeannestjames
Amazon.fr: https://www.amazon.fr/~/e/B002YBDE7O

facebook.com/JeanneStJamesAuthor
instagram.com/JeanneStJames
bookbub.com/authors/jeanne-st-james
goodreads.com/JeanneStJames
pinterest.com/JeanneStJames

Aussi par Jeanne St. James

Retrouvez mon ordre de lecture complet ici:

https://www.jeannestjames.com/reading-order

* Disponible en livre audio (anglais)

<u>Des livres qui se suffisent à eux-mêmes:</u>

<u>Made Maleen: A Modern Twist on a Fairy Tale</u> *

<u>Damaged</u> *

<u>Rip Cord: The Complete Trilogy</u> *

Everything About You (A Second Chance Gay Romance) *

Reigniting Chase (An M/M Standalone) *

<u>Brothers in Blue Series:</u>

<u>Brothers in Blue: Max</u> *

<u>Brothers in Blue: Marc</u> *

<u>Brothers in Blue: Matt</u> *

<u>Teddy: A Brothers in Blue Novelette</u> *

<u>Brothers in Blue: A Bryson Family Christmas</u> *

<u>The Dare Ménage Series:</u>

<u>Double Dare</u> *

<u>Daring Proposal</u> *

<u>Dare to Be Three</u> *

<u>A Daring Desire</u> *

Guts & Glory: Ryder *

Guts & Glory: Hunter *

Guts & Glory: Walker *

Guts & Glory: Steel *

Guts & Glory: Brick *

Blood & Bones: Blood Fury MC®:

Blood & Bones: Trip *

Blood & Bones: Sig *

Blood & Bones: Judge *

Blood & Bones: Deacon *

Blood & Bones: Cage *

Blood & Bones: Shade *

Blood & Bones: Rook *

Blood & Bones: Rev *

Blood & Bones: Ozzy *

Blood & Bones: Dodge *

Blood & Bones: Whip *

Blood & Bones: Easy

Beyond the Badge: Blue Avengers MC™:

Beyond the Badge: Fletch

Beyond the Badge: Finn

Beyond the Badge: Decker

Beyond the Badge: Rez

Beyond the Badge: Crew

Beyond the Badge: Nox